講談社文庫

メゲるときも、すこやかなるときも

堀川アサコ

JN041472

講談社

Contents

メゲるときも、すこやかなるときも

1　捜さないでください

深夜零時。

四月に入っていたけど、こんな時間になると薄寒かった。

新型コロナのパンデミックのせいで緊急事態宣言が出たとき、乃亜《のあ》は一人で自宅に居た。ソファの隅っこに行儀良く座り、正面の壁の時計を見つめていた。

夫のユキオが帰って来たら、この風雲急を告げる事態について、いろいろ話し合わなくちゃと思っている。緊急事態宣言のことを、テレビのニュースで知ってからずっと。

ユキオは食堂を経営しているから、この先は何かと大変だと思う。なにせ、飲食店は次々と休業しているのだ。もしもユキオの店が危機に陥《おちい》ったら――。

こんなときだから、話したいことは山ほどあった。それなのに、どうして今夜に限ってこんなに帰りが遅いのだろう。いや、こんなときだからこそ、遅いのだろうか。

乃亜の視線は、時計の横のよくわからない抽象画へと移った。それから飾り棚の上の犬のオブジェ、乃亜が腰かけているソファ、テーブルの花瓶へと、視線は緩慢に漂い続ける。

乃亜が快適に過ごせるように、ユキオはせっせと働く。無理をしないでと頼んでも、無理じゃないよと云《い》って働く。しかし緊急事態となり「働かないことが、世のため人のため」なんて世間や総理大臣にまで云われてしまったら、ユキオには何が残るのだろう。

こんなときこそ妻のわたしがしっかりしなくてはと思ったが、何か違う気もする。ユキオは、乃亜に「しっかりさ」なんて微塵《みじん》も求めていないのだ。乃亜は自他ともに認める、実用的ではない人間だった。この世に生まれ落ちた瞬間から今日まで間断なく、愛され褒められ幸あれかしと祝福され、乃亜自身はただそれを享受することだけで周囲の人たちを喜ばせてきた。まるで、おとぎ話のお姫さまのごとくに。

もしも世の苦労人たちが乃亜の一代記を聞いたら「そんな女、この世に居るわけがない」と云うだろう。どっこい、居るのだ、ここに。

本当のところを云うと、乃亜は世界的な一大事の中に一人居て、ただただ寂しくて心細かった。ユキオを支えたいというよりも、ユキオにそばに居て支えてもらいたい。いついかなるときも、ユキオは乃亜の夫であり傘であり椅子でありクッションであり「王さまの耳はロバの耳」などと吐露するための穴であった。

乃亜は柔和で善良な性分だから、帰って来ないユキオに文句を云う気はひとつもない。こんなときだから、帰って来るまでちゃんと起きていようと思うし、優しい言葉で元気づけようと思う。

それで、もう何度目になるのか、こんなときこそ妻のわたしがしっかりしなくてはと思った。そして「やっぱり、何か違うのよね」と思った。読むつもりもなく、テーブルの上の本を持ち上げた。友人の修子《しゅうこ》から借りたウィリアム・H・マクニールの『世界史』である。

修子曰《いわ》く「こんなときだから、改めて世界のことを知りたくなって読んでみたら、面白くて一気に読んじゃった」とのことだから、乃亜もつい「読みたい」と云ってしまった。で、手にしたウィリアム・H・マクニールの『世界史』は、乃亜の脳のひだを素通りして睡眠物質の分泌を促すばかり。

早く読んで感想を云わなくちゃ。心にもないことを唱えて頁《ページ》を開いたとき、本の下敷きになっていた紙片が、ひらりと落ちた。白地にツユクサが一輪描かれた、ユキオ愛用の一筆箋である。

『捜さないでください。ごめんなさい。雪男《ゆきお》』

緑色のインクで、そう書かれてあった。

「さ、が、す、って？」

乃亜は首をかしげる。

何か失《な》くし物でもしたのかしら。いつものようにわたしに面倒を掛けまいと「きみは探さなくていいんだよ」と書いてくれたのかしら。すぐにそう納得したが、次の瞬間には眉間《みけん》に皺《しわ》が出来た。

失くし物をさがすのは「探す」であって「捜す」ではない。「捜す」ときたら、その対象は犯人とか失踪者ではないか。それに探し物の協力を遠慮するのに、わざわざ書き置きをするだろうか？

(ひょっとしたら)

不意に、胸騒ぎがした。

探す、いや――「捜す」対象は、ユキオ本人なのか。いやいや、捜してくれるなと云っているのである。だから「ごめんなさい」なのだ。

そうと気付いて、ハッとなる。いつだったか母から聞いたことがあった。

——手紙を書くときは、緑のインクは使ったら駄目よ。それって別れの合図なんですからね。

どうして緑のインクが別れを意味するのかは、母も知らなかった。

——きまりというか、ならわしというか。

よくわからない。

——ともかく、だれかがそういうのを決めちゃったら、もうやっちゃ駄目になるものなの。でもね、緑を切りたい相手に、わざと緑のペンで手紙を書くのも粋《いき》じゃない？　歌謡曲にそんな歌があったわよ。そもそも、あの歌が云い出しっぺだったのかしら？

(緑を切りたい相手に、わざと緑のペンで手紙を書く？)

乃亜はツユクサの一筆箋を取り落とし、拾おうとして動作が止まった。

この置き手紙で、ユキオは乃亜に別れを告げているのか。そう思ったら、書き添えられた「ごめんなさい」が「さようなら」の意味に見えてきた。

(なんで？)

乃亜は、パニックに陥る。しかし、それはおっとりとした乃亜らしいごくおとなしいパニックだった。両手でほっぺたを押さえて、悲しそうに瞬《まばた》きをする。

優しくて親切で誠実で愛情に溢《あふ》れる夫が、どうして一筆箋にたった一行書いただけで、乃亜の前から消えてしまうのか。江戸時代の三行半《みくだりはん》だって、三行と半分くらいは書いていたわけで……。

（でも、なんで？）

乃亜が家事のほかは何もしなかったのがいけなかったのか？

しかし、何もしないでいいと云ったのは、ユキオなのだ。

それどころか、ユキオの仕事を手伝おうとするたびに、やんわりとだが強固に断られた。何度も、何度も、何度も断られた。よっぽど迷惑なのだろうと思い、この頃では「手伝いたい」なんて云うこともなくなった。

（ユキオさん、今、どこに居るの？）

乃亜は立ち上がり、そわそわと胸の前で揉《も》み手《で》をして、右に左に歩いては立ち尽くした。ユキオの行きそうな所はいくつか思い浮かんだけど、真夜中に電話して叩《たた》き起《お》こすなんてしたくない。

乃亜は自分の無力さと孤独さを思って、つくづく悲しくなる。

そのとき――玄関の方で人の気配がしたような気がして、顔を上げた。

急いでインターホンの子機を取って、モニターの映像を確認した。

「…………」

そこには、玄関灯に照らされた無人の闇があるばかりだった。

＊

ユキオは朝まで待っても帰らなかった。結婚以来、乃亜もユキオも相手に無断で外泊などしたことはない。互いに縛り付け合っていたのではなく、二人とも生真面目《きまじめ》というか、地味な質《たち》で、夜になったらきちんと帰宅するという習慣に問題を覚えなかった。ユキオは仕事が長引くこともあり、乃亜も観劇や行楽で遅くなったりする。でも、それが済めばそそくさと帰宅するのだ。二人で旅行に行くときでさえも、家に帰ってお茶を飲むと生き返ったような心地がするくらいだ。しかし、そう思っていたのは乃亜だけだったのか。

ともあれ、松倉《まつくら》家の常識が世間の非常識であることは、いくら世間知らずな乃亜でも察していた。だから、大の男のユキオが一晩帰らなかったからといって、嘆いたり慄《おのの》いたりするのは体裁が悪い――気がする。

(だけど――だけどだけど)

断じて、放っておいてよいことではない――気がする。

変なことの背景には、もンの凄《すご》く大変なことがあるものだ。もンの凄く大変なことが水面下で進行し、ちょっとでも兆しが見えたときには、もう取り返しの付かない事件が起こっている――かもしれない。

そんなことを考えていたら、すっかり気が滅入《めい》ってきた。

電車で乗り換え一回、五つ離れた駅近くにあるユキオの店――マックラ食堂に着いたときには、いよいよ心が沈み込んでいた。心なしか、電車に乗っていた人からも通りすがりの人からも、冷ややかな目を向けられている気がする。

「はあ」

ため息が出た。こうべを垂れて、とぼとぼ歩く。一階に店舗の入った下駄《げた》ばきのマンションやオフィスビルが続き、いずれも五階程度の高さで背比べするように並んでいる。居酒屋、美容院、古書店、蕎麦《そば》屋、花屋、画廊。信号を渡って、パン屋、ビジネスホテル、そのとなりがマックラ食堂である。

店は閉まっていた。

古ぼけたビルの一階を陣取る――といってもごくこぢんまりとした正面口は、まんべんなく土ぼこりの付いた緑色のシャッターが下りている。白のペンキで書かれたPOP体の「マックラ食堂〜オーガニックでオシャレまっしぐら、滋養豊富！　オイシイヨ！」という文字が、何だかしみじみと侘《わび》しかった。

放心したように見上げていると、不意に勢いよく近付いて来る気配を感じる。乃亜が思わず立《た》ち竦《すく》んでしまったのは、未明、玄関まで来た何者かと、背後に迫る気配が似ていると思ったからだ。

ここのところ、あんな具合にちょっと変なことが続いている。ユキオは「ユーレイさんが来た」なんて云って笑うのだが、友人の修子には「ストーカーじゃない？」と怖いことを云われていた。いつもは乃亜だって「またユーレイさんね」なんて呑気《のんき》に構えているのだけど、今日みたいに緊張していると修子の云うとおり本当に怖くなる。

でも、気配の主はユーレイさんでもストーカーでもなかった。小学生らしい二人の少年である。じゃれ合いながら、こちらに歩いて来る。二人よく似た手作りの布マスクをしていた。

乃亜と目が合うと、二人は一瞬だけ真面目な目付きになり、その目はすぐに意地悪な感じに細くなった。

「マックラ食堂は〜。暗黒レストラン〜。絶望のマックラ〜」

声をそろえて歌い始める。一人はボーイソプラノで、もう一人は悪ガキ風のガラガラ声だ。

（なるほど。松倉だから、マックラなのね）

乃亜は納得した後で、慌てて眉間に皺を寄せた。よもや乃亜を店長夫人だと見破っての狼藉《ろうぜき》とは思えないが、閉まっている店を前に途方に暮れる常連だとでも思ったのだろう。子どもらしい勘で、こちらをからかいやすい人間だと見抜いたものらしい。

「立ち直れないマックラ～。夜逃げしかないマックラ～」

小学生は乃亜の顔をちらちら見ながら、延々とネガティブな歌を歌い続ける。何らかのリアクションをしないことには、どこまでも盛り上がってゆくようだ。

すると、不意に――。

「フンッ」

後ろから来た老紳士が、怖い顔で立ち止まった。

「……え？」

「フンッ」

洗って再利用しているらしい不織布《ふしょくふ》マスクが、ぼうぼうとけば立っていた。生地が詰まっているのか、マスクは呼吸のたびにマストのように膨らんでいる。

で、その老紳士は、老紳士とは云っても、身なりは見事なほどに貧しげでホームレス風だった。作業服のようなシャツに、とろとろに汚れた毛糸のチョッキを重ね、コールテンのズボンを穿《は》いている。ベルトに、刀みたいな格好でけん玉を差していた。それでいて不思議な威厳があるのは、態度が自信に満ちているせいか。自信に満ち過ぎて、居丈高《いたけだか》にも見えた。

（ケンダマさんね）

乃亜は、ユキオがよくするように、こっそりと老紳士に名前を付けた。心の中で秘密の可愛《かわい》い名前を付ければ、世の中は少し明るく見えるというのが、ユキオの持論なのである。

二人の少年たちは、老紳士というか怪紳士の登場に怯《ひる》むことなく「マックラ」の歌を元気よく歌い続けている。ケンダマさんは、不機嫌そうに少年たちを見た。

「こら、学校はどうした」

「コロナで休みだもーん」

二人は小学生らしく落ち着きのない態度で、肩をぶつけ合い、上体をぐねぐねさせながら元気に云った。ケンダマさんは、敬意を払われないことにムッとしたようだった。

「ていうか、おまえたち、密だろうが。密密密！　3密」

「うっせえ、ジジイ！　密閉してないから、3密じゃねーし」

「けん玉、だっせー」

少年たちは明るい声で云い放ち、けん玉の玉のように（どちらかと云うと、アメリカンクラッカーの玉のように）互いにぶつかり、弾みながら駆け去った。遠くなる後ろ姿から、ずっと「マックラ」の歌が聞こえている。

小学生たちを見送ったケンダマさんは、じろりと乃亜の方を見た。まことに鋭い目付きだったので、乃亜はすっかり委縮してしまう。別にやましいこともないのだが、今しも店の通用口に向かおうというときだったから、泥棒や不審者に間違われやしないかとびくびくした。

（あ……）

ケンダマさんの呼吸がし辛《づら》そうなマスクを見るうち、ようやく気付いた。気が動転していた乃亜は、マスクを忘れてしまったのだ。だから道行く人たちが、乃亜のことを怪訝《けげん》そうに見ていたのだろう。

（なんだ、そうか、そうか）

マスクを忘れたことはともかく、謎の答えが判明してすっきりした。

（でも――）

このケンダマさんは、世に云うマスク警察なのだろうか。どうしよう。何と説明しよう。すみません、やんごとない事態が発生して——いやいや、やんごとないのは尊くてエライことだっけ？　だったら、よんどころない事態と云うべき？　やんごともよんどころも、どっちも否定形だけど？　やんごととかよんどころがあったら、どうなるのかしら？

内心で問答するうちに、ケンダマさんはプイッとこちらに背中を向けて立ち去ってしまった。少なからず感じが悪かったが、乃亜はひとさまと敵対するのが何より苦手なので、とにもかくにもホッとした。

「ああ……」

静まり返った建物を、改めて眺める。少年たちの歌ではないが、気持ちが暗くなった。

合鍵を取り出し、おそるおそる鍵穴に入れた。

合鍵を使うのは、初めてだった。なにしろ——なぜか、ユキオは乃亜が店に関わることを喜ばなかったので、最近では客として訪れることさえも遠慮していた。店に来るどころか、確定申告の手伝いだってやんわりとだが強固に断られた。

乃亜が働いたり手伝ったりするのがマックラ食堂でなければ良いのかと云うと、そうではない。ユキオは乃亜が仕事をすることを、まことにやんわりとだがまことに強固に嫌うのだ。自営業はもちろん、就職するのも困ると云った。何が困るのか不思議だったが、尋ねるのも角が立つと思って黙っていた。

友人の修子は「それって、パワハラとかモラハラとかなんじゃないかしら」と云うけど、乃亜は聞き流した。パワハラとかそういうのはもっと感じが悪いものだと思うし、ユキオは三歩下がって妻の影を踏まないような人だから、感じが悪かったことなど一度もないのだ。結婚以来、一度たりとも、である。

何はともあれ、乃亜は専業主婦でいることに不満はなかったから、敢《あ》えてユキオを困らせる必要を感じていなかった。——今までは。

鍵はカチリと小さな音をたてて回った。

途端、重力が百倍になったように感じられた。ここから先はユキオの聖域で、乃亜は立ち入ることをやんわりとだが強固に拒まれていた。優しいユキオが乃亜を遠ざけようとするなら、この中には何かとてつもなく恐ろしいものが隠されている——？

そんなことはないだろうけど、ユキオの意思に反したことをするのは気がとがめた。

「ユキオさー……ん」

呼んでみたが、答えなどない。

厨房《ちゅうぼう》は綺麗《きれい》に片付いていて、カウンター越しに眺める店の中も実に清潔そうだった。でも、相変わらずダサかった。いや、来るたびにダサさは度を増している。デザインや美術に無頓着な人が、せいいっぱいに流行を追ったという感じ。その流行というのが、おそらく三十年前の流行なのだ。

(ああ、ユキオさん。懐かしい昔は美しくても、古臭い今というものは見苦しいわ)

それは実に、出会って以来はじめてのユキオに対する批判であった。

そのときである。厨房の奥にある休憩室の方から、こそり……と小さな音が聞こえた。

(ここにも、ユーレイさん?)

なるべく軽いことのように、そう唱えてみた。逃げるにしても立ち向かうにしても、泥棒や強盗やストーカーより、ユーレイさんの方がまだ手がいいように思えたのだ。

(いやいやいや)

この世に起こることの殆《ほとん》どは、起こりそうなことが起こるのだ。ここに居そうなのは、泥棒やユーレイさんではなくユキオではないか。何か片付けなくてはならない仕事があって、店に泊まり込んだのかもしれない。その仕事があまりにも急を要するものだったために、妻に連絡する余裕すらなかったのかもしれない。

(そうに決まってるわ)

だとしたら、乃亜がここでユキオに見つかるのはマズイかもしれない。でも、昨夜から今日まで心配をかけたんだから、少しくらい困らせた方が良《い》いような気がする。いや、これを機会に店の仕事を手伝わせてもらおう。店の内装に意見を云わせてもらおう。

などと意気込んで開けたドアの先は、休憩室というよりも物置だった。所せましとスチール棚が並び、この世の森羅万象がぎゅう詰めになったという様相である。世界文学全集や、ご当地ゆるキャラのぬいぐるみや、古い14インチのブラウン管テレビなどが、ジグソーパズルのごとく隙間ない密度で詰まっている。

(なんで?)

頭に「?」をいくつも浮かべていると、また物音がした。スチール棚に遮られた奥からである。今度は途切れ途切れなどではなく、ガチャガチャとヤケクソみたいに喧《やかま》しい。

「ユキオさん……?」

おそるおそる覗《のぞ》き込《こ》むと、スチール棚の林の向こうはちょっとだけ開けた空間になっていた。長テーブルが二台くっ付けてあり、四脚のパイプ椅子が睦《むつ》まじげに向かい合っている。

その傍らに居たのは、短髪の若い女性だった。乃亜よりも五センチくらい背が低くて、いかにも活発そうな人である。乃亜がつい臆したのは、その人がマスクをしていてもわかるくらい顔立ちが整っていて、それになんだか怒っていたからだ。テーブルに生成《きな》りのトートバッグの口を広げて置き、棚から取った物をせっせと詰め込んでいる。私物らしいマグカップや店のロゴが入ったエプロンを手に取っているところからして、従業員らしい。

「何ですか？」

作業に没頭していた彼女は、唐突に顔を上げてこちらを見た。美しい目には微笑すら浮かばず、声の調子は取りつく島もなかった。

「この状態で店なんかやってませんよ。ていうか、ずっと前からやってませんけど」

短髪の人は怨《うら》みでもあるような低い声で云い、そして眉間に皺を寄せた。

「奥さんですよね、店長の？」

「あの……」

乃亜はビビッた。臆する心の下で、会ったこともないのにどうして店長の妻だとわかるのだろうと不思議な気がした。

短髪さんは棚からスナック菓子の袋を取ると、無造作に開けた。マスクを外して食べ始める。やはり美人さんだ。見ていると、こちらにも差し出してよこすから乃亜はぺこりと頭を下げて、手を伸ばした。

「泥棒じゃありませんから。私物ですから」

短髪さんは、自己紹介の代わりにそう云った。休憩室に私物を置いてるのだから、自分はここの関係者——スタッフですよという意味か。物音に気付いた時点で泥棒かと疑った乃亜は、それを咎《とが》められた気がして「すみません」と小さな声で云った。

短髪さんの方は乃亜の「すみません」を聞き流し、棚のカオスのミニチュア版みたいになったトートバッグを掻《か》きまわす。「必要な物って底にあるのよね」なんて云って舌打ちをした。実際に底まで掘り返して取り出したのは、ジッパー付きのポリ袋だった。

「あ」

まるで赤魚の粕漬《かすづけ》みたいな格好で、二つ折りにしたマスクが入っている。容姿に似合わず、ずいぶんと色気のない持ち物だこと。そんなことを考えていると、短髪さんは苛々《いらいら》したみたいに「ほら」とマスクの袋を押し付けてきた。マスクをしていない乃亜に、一枚分けてくれるという意味らしい。事情を知らない時代の人が聞いたら変に思うだろうが、パンデミックと同時にマスクは巷《ちまた》から消えてしまい、今や同じ重さの金より高いかもしれないという勢いなのだ。

（この人、良い人なんだわ——怖いけど）

大いに恐縮して一枚もらった乃亜に、短髪さんは初めて笑いかけてくれた。

「あたし、山田《やまだ》民《たみ》って云います」

名乗った声はそっけなかったけれど、「泥棒じゃありませんから」と云ったときよりも険が取れていた。それでようやく空気が緩んだのに、背後からドカドカと押し寄せて来た気配のせいでまた緊張が戻ってしまった。

休憩室に乱入して来たのは、中年の男性だった。短髪さん改め民は仏頂面に戻り、乃亜は顔をこわばらせる。でも、民にはドカドカ氏の素性と用向きがとっくにわかっているらしかった。

「店長、逃げましたよ」

そう云ったのである。

「逃げたって、あんた——」

ドカドカ氏は絶句したが、それは乃亜も同じだった。逃げたとは、まさか鬼ごっこみたいな無邪気なものではあるまい。それは夜逃げみたいな、深刻なヤツなのか？

それとも、高跳びみたいな、もっと深刻なヤツなのか？

ドカドカ氏は慌てるあまり、喧しく咳《せき》をした。この人はビルの持ち主だと云うことだった。つまり、店の大家さんである。ドカドカ氏改め大家さんにダメージを加えたのは、ユキオが家賃を三ヵ月（今月の未払いを含めると、四ヵ月）も滞納しているという事実だった。しかし、乃亜にはもっとショックだった。

（なぜ？）

四ヵ月と云ったら、新型コロナ騒動が幕を開けた頃である。店の経営は順調だと思っていた。よもや家賃まで滞納しているとは――などと考えて愕然《がくぜん》とする乃亜の中で、ようやく符合するものがある。

「逃げたって、それは――」

乃亜は両手で顔の下半分を覆った。

逃げたのは、もちろん鬼ごっこなんかではなかったのだ。夜逃げの方だ。いや、夜逃げというよりは、失踪――。

そこで乃亜の思考は都合良くも停止した。代わりに律儀さが意識を支配する。大家さんに向き直ると、乃亜なりの強い眼差《まなざ》しとしっかりした口調で宣言した。

「すぐに、お支払いします！」

けれども、うちひしがれた大家さんは乃亜を訝《いぶか》しそうに見た。

「あんた、だれ？」

「松倉の妻です」

「へーえ、奥さんなの。あのねえ、奥さんねえ――」

大家さんの目付きがさらに感じ悪くなったのは、ユキオの不徳のいたすところだろう。それから、大家さんはぺちゃくちゃと喋《しゃべ》り出した。そもそも家賃を滞納するなんてことは――から始まって、ゴミ捨てのマナーや、建物の使い方、果ては店の評判にまで文句を云い、声はどんどん大きくなり、話しぶりはどんどん早くなる。

「退去するときは、夜逃げみたいな真似《まね》はくれぐれもしないでね」

大家さんはひと際大きな声で云い放つと、足を踏み鳴らすような勢いで帰って行った。

「家賃のことはともかく、あまり気にすることないですよ」

大家さんの去った戸口に、民がしかめっ面を向けながら云った。

「コロナが流行《はや》ってから、ヒステリックになる人が多いよね。とくに、奥さんみたいな喧嘩《けんか》の弱そうな女が、八つ当たりの標的にされるのよ」

「そうなんですか？」

不安そうに尋ねたが、返事の代わりに葉書と封筒の山をどさりと目の前に置かれる。公共料金や材料費などの請求書と督促状だった。開封しているものもあったが、封を切っていないのが大半だ。そのどちらより、開封しかけて途中で手を止めた何通かが、事態の深刻さを――ユキオの追い詰められた心情を表しているような気がした。

「この店、もう終わりですよ」

そう云って笑う民は、大家さんよりよっぽど冷酷に見えた。

乃亜はおろおろと葉書を手に取り、開封されたものを読み、未開封の封筒を破った。自宅の分もこちらに届いているはずで、探したら確かにあった。

――支払いなんて煩わしいことは乃亜は考えなくていいんだから。

なんてユキオは云っていたのに、その自宅分もやはり未納のために督促されている。引き落とし口座が残高不足になっているらしいのだ。乃亜は事態が受け止められず、ただただ混乱した。「店の経営は順調だと聞いていたのに」という言葉が、空《むな》しく胸の中で回る。

「じゃ」

大きなトートバッグを肩に下げ、民がドアに向かう。

乃亜はその背中に追いすがった。今、敵意に囲まれたこのダサい店に一人で取り残されるなんて、耐えられそうもなかったのだ。

「あたし、忙しいんですよ！」

民は怖い声で一喝すると、伸ばした乃亜の手を振り払って行ってしまった。

乃亜は悲しげに口を結んで、請求書などをのろのろとした動作で集めた。もはや、店の中にはユーレイさんすら居なかった。夫の聖域が、自分にとってアウェーになるなんて、つい昨日までは考えてもみなかった。

民が云ったのと同じことを、インターネットでも見た。昨今、人類は世界規模でいがみ合っている。不寛容と分断。そんな言葉をことさらに意識したことは、乃亜はこれまで経験のないことだった。

帰り道、ユキオのマックラ食堂から五十メートルほど隔てた場所にある『温帯』というオーガニックのレストランの前で立ち止まった。昨年出来たという、ユキオの店の商売敵である。ユキオの店に比べて広くて新しく、それでいて威圧感もなく周囲の風景と上手に調和する、とても感じの良い店だ。温帯がオープンしてから、周辺の景観はもちろん空気すらも清浄になったように思える。そんな店なのだ。

ライバルが出現しても、ユキオは平気そうにしていた。「うちと向こうでは、自然と住み分けが出来てゆくさ」そう云った頬が実は引きつっていたのを、乃亜は思い出した。

ユキオの楽観的な——あるいは負け惜しみ的な意見はどうあれ、乃亜とて心配だったからライバルのことは常々意識していたものだ。

敵のホームページは小洒落《こじゃれ》ていたし、口コミサイトでも絶賛されていた。友人の修子と共に客のフリして——いや、実際に客としてランチを食べに行ったら、悔しいことに大変に美味《おい》しかった。たまたま美味しい品に当たったに違いないと、別のものを頼んでもやはり美味しかった。別の日に行っても、また別の日に行っても美味しかった。危うく常連になりかけた。

一方、マックラ食堂の料理はそれほどではないのである。いや、ユキオが自画自賛していた「ガッツリ最高チキンソテー」ですら、なかなか残念な味だった。自信満々で「食べてみて」と云ったユキオの前で、乃亜は思わず正直な感想を云ってしまった。それでも千歩譲って、味への言及は避けたのだが。

——オーガニックの料理に「最高」とか「ガッツリ」ってアピールは強烈すぎると思うの。

妻のはかばかしくない反応に、ユキオは気の毒なほどしょげた。今にして思えば、ユキオが乃亜を店から遠ざけるようになったのは、あのときからではあるまいか。

そんなライバル店もまた、シャッターを下ろしている。緊急事態宣言を受けて、GW明けまで営業を自粛する旨の挨拶状が貼り出されていた。

それを眺める人は、乃亜ばかりではなかった。温帯を目指して来たお客たちが、店が休みであることに落胆して帰ってゆく。中には、下りたシャッターを蹴飛ばす者まで居た。

これもまた、昨今の不寛容な風潮の現れか。ガシャンという破壊的な音に身を竦めつつ、しかし乃亜は心のどこかで羨ましかった。

ユキオの店には、一人のお客も来ていなかった。まして、店が閉まっているからと怒る人なんか居ない。開店していてもしていなくても、閑古鳥が鳴くというのは、あいった佇《たたず》まいのことを云うのだろう。人知れず閉めた店には、私物を回収しに来たスタッフと、家賃を取り立てに来た大家と、失踪したユキオを捜しに来た乃亜——。

失踪。

その言葉を改めて唱えて、乃亜は息を呑む。

ユキオは、やはり失踪したのか。

失踪失踪——失踪失踪失踪——。

乃亜は、請求書と督促状を納めたバッグを、しがみつくように強く抱えた。

2　生きたお金を使いなさい

結婚して以来、ユキオは乃亜に煩わしい思いをさせたことがない。ユキオはひたすら、妻が快適であることを万事に優先してきた。まさに、下にも置かぬおもてなしという感じだ。実際、リビングで乃亜にあてがわれた場所は上座に位置していたし、面倒なことからはまるでお客さまのごとく遠ざけられてきた。

――いいの、いいの。乃亜が幸せなのが、ぼくの幸せなんだから。

ユキオは幸せそうに庭の草を抜き、部屋を掃除して、ゴミ出しを引き受けた。

こちらこそ、ユキオの幸せが乃亜の幸せだったから、乃亜はこのおもてなしをありがたく受けていた。ユキオから仕事を取り上げたりすれば、マックラ食堂の自慢メニューに控え目な駄目出しをしたときのように、ユキオはしょげてしまうのだ。

それほど妻ファーストでありながら、ユキオは乃亜の希望を撥《は》ねつけた。希望とは「働いてみたい気がするの」という、遠慮がちな申し出だ。

ユキオは夫として充分すぎるほどの生活費とお小遣いをくれた。そして家事まで充分すぎるほど手伝うものだから、乃亜は時間を持て余していた。兼業主婦の友だちにそんなことをこぼしたら、絶交されかけたという贅沢《ぜいたく》な悩みだが。

時は金なり——ということで、この余った時間で働こうとしたら、ユキオはまるで爆弾処理でもする人みたいに、やんわりと慎重にしかし確実に、乃亜の気持ちを仕事以外のことに向けようとした。

——ぼくは、乃亜が優雅に楽しくしてくれてる方がいいなあ。働くってのは、楽しそうに見えても修羅の道なんだから。それよりさ、習い事をしてみたら？　資格取得ってのも良くない？

人生が迷路のようなものだとしたら、ユキオは乃亜が仕事という出口に向かおうとすると、すかさず先回りして通路をふさぐ妨害者だった。しかし、そのやり方はあくまで優しく献身的で親切だった。

どうして、この人はわたしが働くことに反対なのかしら。

と、はっきりと認識したわけではない。でも、気持ちの底でだけ不思議に思った。つまり、ユキオの態度を怪訝に思うことを封印していたわけである。

何はともあれ、夫婦の不和は望むところではない。いつか、ユキオの仕事を手伝わせてもらえる日が来るかも。そんな希望から、パン作り教室に通い、料理教室に通い、ハーブについて学び、資格取得にも励んだ。

「カフェマスター」「薬膳インストラクター」「ベジタブル・フルーツ栄養アドバイザー」などは、ユキオを手伝うつもりで学んでみた。実は少女時代から偏差値が高かったのだ。聞けば耳を疑うほどの名門国立大学を優秀な成績で卒業した乃亜は、一瞬たりとも働いた経験はない。未婚時代は両親の意向で花嫁修業にあけくれ、結婚後もその延長のように生きている。こうして筋金入りのおっとり屋が出来上がった。

ともあれ、頭脳優秀なので資格はどんどん取れた。「インテリアコーディネーター」や「風水アドバイザー」にまで手を伸ばした。目下、そのスキルは自宅の部屋作りにしか生かせていないのだけれど。

そんな乃亜を、ユキオはあたかも秘宝のごとく守ってきた。パンデミックになってからは、乃亜をウイルスから守るために雑用も日々の買い物も、全て代わりにやってくれた。「乃亜はうちでゆっくりしてて」と、本を買ってくれた。海外ドラマのブルーレイBOXを買ってくれた。手芸キットを買ってくれた。コケテラリウムを買ってくれた。熱帯魚を買ってくれた。コケと魚の世話は、ユキオがしていた。

乃亜は、ハッとする。

もしや、乃亜に感染させまいと外出全般を引き受けたせいで、ユキオが感染してしまったのではあるまいか？　そして、乃亜にうつさないように自主隔離している？

いやいや。もしもそうだとしても、連絡がないのは可怪《おか》しい。

足音をひそめて二階にあるユキオの部屋に向かった。無意識にもこそこそしてしまったのは、実はユキオの部屋が立ち入り禁止とされていたからだ。例によってやんわりとだが強固に云い渡されている。乃亜は素直な質なので、怪訝にも不満にも思わず好奇心も持たずにユキオの頼みに従ってきた。

が、夫が失踪——したかもしれない今、約束を破るときが来たのだ。

いざ足を踏み入れたユキオの部屋は、昭和の町工場を彷彿《ほうふつ》とさせた。家具調度はオンボロか、合板《ごうはん》の安物か、合板の安物のオンボロだった。家を建てたときはL.E.Dのシーリングライトだったはずなのに、事務所風の照明器具に取り換えられていた。机は鼠色《ねずみいろ》のスチール机で、オレンジ色と緑色のカラーボックスにビジネス書と自己啓発書とミステリーの文庫本がきっちりつまっていた。

シャコバサボテンの乾いた鉢が、ぽつねんと佇んでいるのが寂しい。工務店の名が入った日めくりカレンダーは、なぜか三月三日のままである。ゴミ箱の中はからっぽで、部屋は掃除が行き届いていたが、古いタイプのデスクトップパソコンのモニターや棚や窓框《かまち》には、薄《う》っすらと埃《ほこり》が載っていた。

　ユキオは、一昨日は帰宅したのだ。その前も、その前も、普通に帰って来たのだ。それなのに、もうずっと前から居なかったような気がしてきた。二人暮らしには不要なくらい広い家に、乃亜はこのシャコバサボテンを友として寂しく生きていたような気がしてきた。

（お水、あげなくちゃ）

　初対面のシャコバサボテンに対してにわかにシンパシーを抱いた乃亜は、慌てて水を汲《く》みに行きかけてから立ち止まる。

（サボテンって、乾かし気味の方が良さそうよね）

　ポケットから出したスマホで検索してみたら、やはりそう書いてあった。指先で土をほじくると、まだ湿り気がある。ユキオは昨日の朝まで居たのだと改めて思い直し、なぜだかそのことが却《かえ》って気持ちを暗くさせた。

（こうしてはいられない）

　スチール机の、一番上の引き出しに手を掛けた。そこだけ施錠できるようになっていたから、開かないだろうと予想していたが、問題なく開いた。到来物の和菓子の空箱や百均のトレイなどを使って、文房具類が几帳面《きちょうめん》に収納されている。ボールペンの替え芯とホッチキスの針が入った箱を持ち上げた下に、目的の物が見つかった。

（わたしって、泥棒の素質があるのかしら。それとも、ユキオさんが不用心すぎるの？）

目的のものとは、預金通帳である。おそるおそる、しかしもどかしい気持ちで開いてみた。

期待どおり、それは自宅と店の経費や公共料金用の通帳だった。

で、その残高は、なんと一七〇円！

最初のページを見ると、五、〇〇〇、〇〇〇円ほどあったのだが、幾ばくかの収入はあるもののどんどん減っている。それでいて、不審な出費はないのだ。通帳はほかにもあったが、定期預金は全て解約され、ほかに二冊ある普通預金の通帳の残高はそれぞれ一、〇〇〇円と二〇円。この二冊はいずれも一〇、〇〇〇円程度の残高のまま長いこと放置されていたもので、去年の暮れあたりから一、〇〇〇円二、〇〇〇円とチビチビ引き出されていた。

（わけがわからない）

いや、わけなんかとっくにわかっている。スタッフの民だって云っていた。ユキオの店は、経営危機だったのだ。

（でも、どうして私に云ってくれなかったの）

逃げる前に妻に相談するのが筋ではないのか。相談するより、妻の前から消えることを選ぶ思考回路が不思議すぎる。

乃亜はたまった請求書と自分のヘソクリ用の通帳を持って、近くの信用金庫の支店に向かった。そこと云うのが、乃亜の父が理事長を務めている信金なのである。

（ユキオさん、あそこの通帳持ってないのよね）

ユキオと乃亜の両親の確執が、そんなところにも現れている気がする。

ヘソクリ通帳は、結婚したときに両親から渡された。

——このお金のことは、絶対にあの人には内緒ですよ。

と云われた。あの人というのは、ユキオのことである。両親はユキオを嫌っている。名前を口にしないほどに。

——いつでも使いなさい。もっと必要なときは、いつでも云いなさい。

しかし乃亜はこのヘソクリを、これまで一円たりとも使ったことがなかった。もしも使ったりしたら、父が公私混同の強権を発動させて履歴を調べ出し、使った分を補充してくれるかもしれない。もしもそうなったら、ものすごく不気味ではないか。

いかにも、乃亜の両親の子煩悩さは度を越えてストーカーじみている。乃亜は誕生した瞬間から真綿に包まれるようにして育った。結婚相手もまた、乃亜第一主義という点では両親に輪をかけたような人だから、乃亜は苦労の「く」の字も知らずに今日までできた。——今日までは。

そもそも、両親は愛娘《まなむすめ》がユキオと結婚することに反対だったのだ。

かつてユキオは、父が経営陣に名を連ねる信金の職員であった。信金に勤めていたころのユキオは、あまりパッとしなかった。業務成績は可もなく不可もなく、存在感もなく、唯一目立ったのは名前だけである。

ユキオのフルネームは、松倉雪男。「ユキオトコ」ではなく、「ユキオ」。ユキオが生まれた日、熊谷《くまがや》に雪が降った。熊谷はユキオの故郷で、実家は祖父の代から理髪店をしている。雪が降った日に生まれた男の子だから、「雪男」と名付けられた。長男が誕生したというお祝い気分ではしゃぎ過ぎ、イエティとかビッグフットなどの総称である「雪男」と被《かぶ》ったことを、松倉家の人たちは失念していたそうだ。

というか——。義父が乃亜にこっそり教えてくれた別の真相がある。

義父の初恋の女の子の名前が、雪絵《ゆきえ》ちゃんという名前だった。かつて雪絵ちゃんが生まれた日、四歳上のお姉ちゃんが雪の絵を描いていた。それで、雪絵ちゃんは雪絵と名付けられたそうである。雪絵ちゃんは「天地真理《あまちまり》似の美少女だった」ので、義父は少年時代から「娘ができたら雪絵と名付けよう」と決めていたとか。ところが、息子が生まれたものだから、慌てて男の名前にアレンジした。うっかりして、イエティのことなど思い出しもしなかった。

そんなわけで、幼少時から名前だけはインパクトのある男だった。あるいは、一歩出遅れたような地味な性格も、名前のインパクトを和らげようとして形成されたのか？

乃亜の両親にしてみたら、地味で冴《さ》えなくて名前まで冗談みたいな男である。この世で最も可愛い我が子の婿になど、全く相応《ふさわ》しくないと思った。父も母も、従兄である真鍋真司《まなべしんじ》を乃亜の結婚相手にしたがっていたのだ。

真司は母の甥《おい》で、文字通り乃亜の両親の子分である。そして、ユキオとは信金の同期だった。業務成績は抜群で、明るく闊達《かったつ》、美男、おまけに自慢の甥っ子とくれば、理事長夫妻の覚えも目出度《めでた》い。何より真司は幼少時から「乃亜ちゃんは、ぼくのお嫁さんになるんだよ」と再三再四云っていた。つまり、昔から予約していたのである。

結婚して四年後、ユキオが信金を辞めて店を開くことになったとき、両親は大いに怒った。無職の人間に娘を任せておけないと息巻いた。

——無職じゃないでしょ。レストランを経営するのよ。

——あんな冴えない男に店の経営などできるはずはない。無職になるのは、時間の問題だ。

父は滅茶苦茶《めちゃくちゃ》な理屈を展開し、母は親戚や友人知人まで動員して娘の説得に努めた。ユキオの転職を辞めさせるための説得ではない。ユキオと別れて帰って来なさい、という趣旨の説得だった。

そんなわけで、何かが起こってしまった今、乃亜は実家に相談することは決してできないのである。それどころか、ユキオの失踪を実家に秘密にするため、捜索願を出すことさえ躊躇《ためら》われている。

「まっくらさまー。まっくら、ゆきおとこさまー」

窓口担当の女性職員が、そう呼ばわった。

乃亜は慌てて立ち上がり、ロビーのお客たちが一斉にこちらを見た。皆、一様に「え?」という目をしていて、それからクスクスと笑い出した。

乃亜は顔が赤くなってしまったのだけど、それは恥ずかしさというよりは、腹立ちのせいだった。なによ、そんな名前の人居るわけないでしょ。わざと云ってるんでしょ、性格悪いわね。ユキオさんは、あなたたちの先輩なんだから。それとも、もしかして、お父さんの指令とか出てるわけ? 松倉雪男という客が来たら、おちょくりなさいって云う業務命令でも?

そこまで思って、乃亜はハッとする。

わたし、性格悪い……。これが不寛容というもの？　これが分断？

乃亜はそれでも怒った顔のままカウンターまで歩いて行くと、笑っている待ち人たちにも届くような声で名乗りを上げた。

「ま・つ・く・ら・ゆ・き・お・です」

これでわかっただろうと胸を張ったのだけど、後ろからはいっそうはっきりとした笑い声が聞こえてきた。

＊

帰宅途中の十字路で立ち止まったのは、信号が点滅し出したからだ。

そこは、まさにユキオのパワースポットで、乃亜もわざわざ訪ねて行くことはないものの、赤信号を待つ間だけでもその場に居られるように歩調を調整したりする。

パワースポットといっても、神社でも寺でも遺跡でもなかった。いかにも零細だとわかる自動車修理工場である。

サッシ戸の上の屋根に『安岡《やすおか》自動車』というトタン製の看板が載っている。サッシ戸の中は事務所で、裏通りに面した方が工場になっているようだった。事務所は常に暗くて、めったに人が居ない。くたびれたスチール机が一つと、もっとくたびれた応接セット、カタログなどが詰まったカラーボックス、コケだらけで緑色になった水槽に巨大なオレンジ色の金魚が一匹だけ居た。それから、やたらと発育の好《よ》い植物の鉢が、いくつもある。カネノナルキと、アロエと、クンシラン——等。

——この佇まい、ぼくの憧れなんだ。だってさ、ザ・自営業って感じだろう？

独立する前、ユキオはよくそんなことを云っていた。

——地に足が付いてるって感じだろう？　ずっと商売を続けているって感じだろう？　だからね、この修理工場はぼくのパワースポットなんだよ。ぼくにとって、働き方とか生き方のお手本なんだよ。うん、本当にパワースポットなの。

「あ……」

思わず声が出た。安岡自動車の時代遅れな佇まいは、ユキオの部屋と同じなのだ。ユキオは一国一城の主《あるじ》のお手本として、安岡自動車の真似をしていたわけか。元より、この実用と節約からなるこぢんまりとした様子は、ユキオにとって気の休まるものだったのだろう。家の中で夫婦が居る場所は——殆どの場所の内装は、乃亜が任されていた。なにせ、乃亜はインテリアコーディネーターの資格まであるわけだし。

それがユキオには落ち着かないものだったと初めて知り、申し訳ない気がしてきた。ただ、新築の家の飾りを安岡自動車風にするというのもまた、現実的ではないだろうけど。

一方で、マツクラ食堂の内装だが――。センスがあまりよろしくないユキオが、精一杯に頑張った結果、あの残念な感じの空間となったわけである。一言、乃亜に助言を求めてくれたら、粉骨砕身頑張って手伝ったのに。

「はあ……」

思わずため息が出た。

何もかも、乃亜はのけ者だったのだ。職場の内装でさえ、妻を頼ろうとはしなかったのだ。いまさらだけど腹が立った。怒るという感情は、心地の良いものではないから、もう一度ため息をついてマイナスの気持ちを体外に吐き出した。

(でも、パワースポットのことは、わたしにも教えてくれてたのよね)

そう思ったら、少しだけ気持ちが安らいだ。でも、店の中をじろじろ見ているのを店主らしき人に見つかってしまい、慌てて立ち去った。

＊

全ては乃亜の悪い想像力がこしらえたことで、ユキオは失踪なんかしていなくて、店はいつもどおりに開いているのではないか。自分は勘違いしているだけなのではないか。あるいは、寝ぼけているとか。

そう思ってまたマックラ食堂に行ってみたが、シャッターは下りていた。そして、今朝よりも、主を失くした物件特有の陰気さを強く感じた。今朝は、まだ乃亜の中に希望が残っていたし、今よりももっと狼狽《うろた》えていた。今は安定してどん底に居るような気がする。

いや、そうではない。あのときは、中に民が居たから、まだ空間に魂が宿っていたのだ。

五階建てのビルのテナントは、飲食店と美容院と不動産屋と占いの店。世情を受けて、殆どが店を閉めていた。開いているのは、占いの店だけである。だから、建物全体がどんよりした瘴気《しょうき》を漂わせている――感じがする。

助けをもとめるように、営業中の占いの店へふらふらと足を向けた。

2F／真紫宮《まことむらさきのみや》・占いの館。

エレベータの横にあるテナントのプレートには、「営業中！」という手書きの紙が貼りつけてあった。紫宮とは、源氏物語の関係だろうか。真が付くのは、本家とか元祖という意味だろうか。

二階へは階段で上った。

階段は殺風景なコンクリートだったが、踊り場にシャコバサボテンの鉢が飾ってあった。ありふれた素焼き鉢は、ユキオの部屋のものと大きさも形もそっくり同じだ。ひょっとしたら、同じ人からのプレゼントなのだろうか。

（大家さんからでは――ないと思う）

家賃を取り立てに来たときの険悪な印象が胸に残っていたため、そんなことを考えた。シャコバサボテンに気を取られていたせいで、躊躇うのも忘れて真紫宮のドアを開けた。

むんっ……と、強いお香の匂いがした。

どうしてこんな狭い空間をこしらえたのかは知らないが、占いの店は間口が二間ほどしかなく、外国の民芸品らしい人形や額に入った賞状や仏画や人体図、千羽鶴とか達磨《だるま》時計などが壁に飾られていた。ほかにも、小振りの冷蔵庫と簡易コンロやお茶道具などが、水屋のような家具の中にきちきちと収納されていた。

辻占《つじうら》が使うような小さなテーブルを挟んで、二脚の椅子が向かい合っている。客用の椅子はパイプ椅子で折りたたまれていた。

向かい合う位置に居るのが、真紫宮さんなのか。白髪交じりの髪を夜会巻きにした小柄な中年女性が、鋭い目でこちらを見上げる。客用とは違って、エマニエル夫人みたいな豪華な籐椅子《とういす》に座っていた。エマニエル夫人とは違い、ちゃんと洋服を着ていた。ラメ入りのセーターに、スポーツブランドのロゴが派手に入ったスウェットパンツといったいでたちである。

「あの――真紫宮、さんですか。わたし、あの、占いって初めてで――」

真紫宮はマスクではなく、手作りらしいフェイスシールドを着けている。赤く塗ったくちびるから、舌先がちょろりと見えた。つまり、舌なめずりをしたのだが、乃亜は舌なめずりをする人間というのを初めて見たので、ただただ臆するばかりである。

「さあ」

座れと云うように手で示されて、乃亜はパイプ椅子を開いて腰を下ろした。

真紫宮は唐突に「生きたお金を使いなさい」と云い、乃亜が意味がわからなくてぽかんとしていると、もう一度「生きたお金を使いなさい」と繰り返した。ようやく料金を支払うようにという意味だと気付いて財布を取り出す。三十分で五、〇〇〇円とのことで、やっぱりやめるとは云い出せなくて五千札を差し出した。

真紫宮は乃亜の知らない言葉を使って、自分のキャリアを説明した。何だかすごい霊山で修行して、何だかすごい資格を得たらしい。その証明が壁に掛かった免状なのだそうだが、乃亜には一般人向けの修業の修了証のようにしか見えなかった。

乃亜が感心した素振りも見せないのに危機感を覚えたのか、真紫宮は少しわざとらしい文脈で世間話を始める。それから乃亜の少女時代のこと、趣味や信条や家族のことなどいろいろ云い当てられたが、それが世に云うコールドリーディングによるものだとは、世間知らずの乃亜にもわかった。

「あなたの抱えている問題を、全部話してごらんなさい」

化粧の濃い顔で、真紫宮は乃亜を凝視した。この人はあまり信用できないと思ったのに、ついつい自分の置かれた状況を話してしまったのは、相手の迫力にすっかり呑《の》まれていたせいである。自分とユキオに関しては仮名を使い、一階のテナントの店主ではなく隣の区のパン屋の主人とするくらいの知恵は残っていたものの——。

「ご主人は、すでにこの世の人ではありません」

占い師にそう告げられ、乃亜は激しく動揺した。真紫宮がもう一度「生きたお金を使いなさい」と唱えなかったら、すっかり信じて泣き崩れていたかもしれない。

「縁起でもない——」

乃亜は蒼白《そうはく》な顔で立ち上がると、よろよろと占いの店を出た。「生きたお金を——」と繰り返す声が聞こえたけれど、気にする余裕はなかった。

3　お金がない

　ご主人は、すでにこの世の人ではありません――と云った真紫宮の勝ち誇ったような声に、乃亜は打ちひしがれたり反撥《はんぱつ》したり、いっそ引き返して反論してやろうかとまで思ったけれど、結局はとぼとぼと帰宅した。

　乃亜のような苦労知らずの者ですら思う。どうか神さま、腹痛を歯痛でごまかすようなことは、やめてください。この身はひとつ。トラブルは一つで充分なのだ。ユキオが失踪したという悩みに加え、それを実家の家族に知られたくないという新たな問題まで抱え込むのは無理だ。腹痛は腹痛で痛いし、歯痛が加わったことで腹痛を感じなくなるなんてことは、絶対にないのである。

　などと天に向かって文句を云ってみても、問題とはなぜか連鎖して起こるものだ。これは神さまの余計な気遣いと云うよりは、運気がよろしくないせいかもしれない。そうなれば、いよいよ真紫宮の出番で――。

（いやいやいや）

乃亜は深呼吸をして、二つ目のトラブルの兆しと対峙《たいじ》した。

家の玄関の鍵が開いていたのである。

出がけに何度も確かめたのは、はっきりと覚えていた。そうなると、今、家の中には予期せぬ侵入者が居ることになる。泥棒か。あるいは、ユキオが帰って来たのか。

乃亜は自分が七匹の子ヤギのだれかになったような気がしたけど、七匹の子ヤギは外から来た恐ろしい狼《おおかみ》と渡り合う話だ。今の乃亜は、家に居るであろう悪漢に立ち向かおうとしている。もちろん、中に居るのがユキオである可能性もあるわけだが。

手に持ったバッグにしがみつくようにして玄関に上がり、足音を忍ばせて廊下を進んだ。

リビングの方から、確かに人の気配がした。それがずいぶんと寛《くつろ》いでいるように感じられたから、やはりユキオが帰って来たに違いないと思った。しかし、七匹の子ヤギの童話が頭から離れないので、泥棒がユキオに変装してリビングに居るような気がしたのも事実だ。

果たして――。

ソファに腰かけてお茶を飲んでいたのは、泥棒ではなかった。しかし、ユキオでもない。そこに居たのは、乃亜の母だった。

（うっ――）

神さまへの恨み言が、また込み上げてくる。

ユキオが失踪しただけでも一世《いっせ》一代《いちだい》の大トラブルなのだ。それをさらに面倒なことにしかねない母の訪問は、乃亜にとって最も避けたい事態である。危惧するのは、「そんな男なんかと、さっさと別れなさい」という方向に話を持って行かれること。

愛娘に関して、両親の主張は一貫しているのだ。

「あら、出掛けていたの？　駄目よ。コビットが流行っているんだから、家に居なくちゃ」

「お――おかあさん、く――靴は？　玄関に靴がなかったわよ」

狼狽のあまり、ムキになって訊いた。

「ああ、お庭を見たから縁側に置いたのよ。可哀相に、鉢がカラカラに乾いていましたよ」

母が云う縁側とは、ウッドデッキのこと。でもカタカナ語が苦手なわけではないらしい。

「それより、コビットよ、コビット」

母は今回の感染症を、コロナとか新型コロナとは云わずコビットと呼ぶ。名前をきちんと呼べば、魔物は退散するという理屈らしい。その口からユキオのことが出なかったのには胸を撫《な》でおろす気分だが、油断は出来ない。乃亜は床板が薄氷であるかのように、そろりそろりとキッチンの方に後退した。母はこちらの気も知らず（本当に知らないのだろうか？　ヘソクリを解約したのを察知して、使い道を糺《ただ》しに来たのではあるまいか）手縫いのバッグから、お土産を取り出していた。

今淹《い》れている紅茶の葉、ケーキ、ハム、マンゴー、手縫いのマスク。

マスクは白のダブルガーゼに白のレース生地を重ねたエレガントなもので、母もしている。家の中に居るのに、お茶を飲んでいる最中でも装着しているのは、乃亜の前向きなコメントを待っているのだ。

褒め言葉を探しているうちに、母が先に乃亜の不織布マスクに気付いた。

「あら、あなた、使い捨てマスク持ってるの？」

持っていますとも。ユキオがネットで転売されている高額なヤツを買ってくれたのだ。ユキオの愛情の証《あか》しとしてそう云ってやろうかと思ったけど、やめた。安易にそんなものを買うから悪党がのさばるのよとか、云い出すに決まっている。それに、ここでユキオの名を出すのは得策ではない。

「マスクを忘れて出掛けたら、し……知らない人に頂いたの」

「あら、優しい。今どき、親切な人も居るのね」

「ええと」

マスクをもらったときのシチュエーションが脳裡《のうり》によみがえった。山田民という女性は、あまり親切でも優しくもなかった。加えて、ユキオがいなくなってからのあれこれが走馬灯のように頭を巡って、乃亜はついぼんやりしてしまった。そして、今ここにある危機に突如として気付く。

母の目の前に、マックラ食堂から持ち帰った督促状の束があるのだ。

（うわあ、大変）

この場から走って逃げ出したい衝動を、どうにかして我慢した。店が左前だと気付かれたら「さっさと別れなさい」と迫られるのは必定なのだ。まして、ユキオが失踪したなんて知られたら――以下同文。乃亜は自分の鼻の頭にインジケーターランプがあって、オーバーワークのあまり赤鼻のトナカイのようにぴかぴか赤く光っているさまを想像した。危機回避のために思慮に思慮を重ね、慎重に口を開く。

「か――可愛いマスクね。お――おかあさんが作ったの？」

「柚香《ゆずか》さんが作ったのよ」

柚香さんとは、同居している兄嫁の名だ。両親はたやすく同居できるタイプではないと思うのだが、問題が起こったことはない。これはひとえに柚香さんの人柄の賜物《たまもの》だと乃亜は思っている。

「わ——わたしも作ってみようかな」

努めて自然な微笑《ほほえ》みを浮かべつつ、督促状の束を確保した。さりげなく母の視界から遠ざけようと、細心の注意を払って背中に隠す。コロナが終わったら旅行に行きたいとか、オリンピックはどうなるのかしらとか、懸命な笑顔とともに世間話をした。

「何だか、楽しそうね、乃亜ちゃん」

「え？　別に楽しくないわよ？」

マズイ。旅行に行けないとか、オリンピックの行く末とか、笑って話すことじゃなかった。

「ユキオさんは、どうしてる？」

母は突然にストレートな言葉を放った。そこで動揺しなかったのは、一連の紆余曲折《うよきょくせつ》に早くも鍛えられたおかげだろうか。乃亜は「元気よ。今日も、仕事に行ったわ」と胸を張った。次の瞬間、別に胸を張る必要はないことに気付いたが。

母はそれから、乃亜のキッチンで筑前煮《ちくぜんに》とカボチャのコロッケを作り、ユキオが買ってくれた海外ドラマのブルーレイを観《み》て、コロナの話をして、家族の近況をしゃべり、ともかく長居してから帰って行った。

玄関で見送り「また来てね」と云ったけど、世の中の現実から鑑みて「無理しなくていい」と云うべきだったと後悔した。

母の長居は初めてではないものの、今日は何かを探りに来たように思えて仕方がない。

まさか、理事長の強権により、乃亜がヘソクリ通帳のお金を使ったのを察知したのだろうか。いや、いくら理事長でもいくら父親でも、そんなことをしたら問題だと思う。でも、母の態度はいかにも意味ありげだった。気付かないフリをしていたけど、あの督促状を見てしまったのではないだろうか。そして、全てを察知してしまったのではないだろうか。

(いいえ。今は後ろ向きなことを考えてはいられない)

乃亜は心配を強制終了させて、決然とスマートフォンを手に取った。そして、思い当たるユキオの友人知人の全員に電話をかけた。そちらに伺っていませんかと訊《き》くつもりで。

けれども、一人として電話に出てくれる人は居なかった。これはいくら何でも予想もしていなかったことで、気持ちを沈ませるには充分な結果である。落胆を堪《こら》え、電話した全員に今度はメールを送ってみた。送り終えるころには、どうせだれも返信なんかくれないのだという気がしていた。

あんまり気持ちが沈むので、友人の修子にもかけてみたけど、留守電のメッセージに切り替わる。乃亜は悲しいため息とともに、スマートフォンを置いた。

（別のことを考えよう）

神さまに文句を云ったくせに、乃亜もまた腹痛を歯痛でごまかすようなことを考えてしまう。すなわち、別の問題である金欠の現実に思いを巡らせた。

清算を済ませて、占いに五、〇〇〇円も使ってしまい、ヘソクリの残高は九〇、〇〇〇円となった。

これまで、生活費は毎月七日にユキオから渡されていた。そしてこのたび、ユキオはお金の補給をしないままに消えてしまい、ユキオのオフィシャルな通帳には一七〇円しか残っていない。ほかにあった二冊とあわせても、一、〇〇〇円とちょっとである。つまり目下のところ、乃亜の全財産は九一、〇〇〇円とちょっとなのである。

貧乏なんて、生まれて初めての体験だった。

もはや、働くしかないという結論に至るのに時間はかからなかった。でも、乃亜には勤労経験が全くない。友人の話を聞くにつけ、テレビを観るにつけ、ネットの記事を眺めるにつけ、世の中とはまさに生き馬の目を抜くような場所で、ユキオの手伝い程度ならともかく、自分がそこで何らかのプロとして生きてゆくなど凡《およ》そ無理なことに思えるのだが……。

しかし、背に腹は代えられない。困ったことに、米の買い置きも少なくなっていた。冷蔵庫の中身もまた、そろそろ寂しい。九一、〇〇〇円とちょっとでいつまで暮らせるのか。とりあえず、公共料金の引き落としのために口座にお金を移さなければならなかった。実家に頼ったが最後、面倒くささは百倍に増えるということだけは肝に銘じておく必要がある。

(働かなくちゃ――)

改めて胸の中で唱えたが、働いたことがないから何をどうしていいのかわからない。ネットで検索するにしても、検索のワードすら思い浮かばない。「働くには、どうしたらいいでしょう」そう入力し終わったとき、電話が鳴った。

友人の修子からだった。修子は幼稚園からずっと一緒の、乃亜のおっとり仲間だ。

「さっき、電話をくれたでしょ。ごめんね、ちょっと出かけてたのよ。ええと、婚活パーティと云うか？」

修子の声には、その成果について話したい気配が満ちていた。しかし、危機のただ中にある乃亜としては、他人の上首尾を延々聞かされるのは避けたい。いそいでこちらの用件を伝えようとした。

「うちの旦那さんのことだけど——」

云いかけて口をつぐむ。修子は親友だからユキオのことも知っているが、乃亜の両親とはもっと長い付き合いだ。今の苦境を打ち明けられる相手が居るとすれば修子をおいてほかに居ないが、乃亜の両親にまで伝わってしまいそうな気がする。それを防ぐためには、親子の密《ひそ》かな駆け引きについても打ち明ける必要があるだろう。長い話になる。聞く方も大変だし、話す乃亜としても多大なエネルギーを使わねばならない。そもそもいくら親しいからと云って、何もかも晒《さら》してしまうのはどうかと思う。

などと考えていると、乃亜の言葉を待たずに修子が意外なことを云い出した。

「そう云えば、少し前にユキオさんを見かけたけど——」

「え？」

この「え？」に万感の疑問がにじんだ。取り繕うように笑いなど追加してみたが、修子は自分が云おうとしていることに気を取られて、何も気付かないようだった。

「ユキオさんね、ちょっと変だったかもしれない」

「変って？」

「声を掛けたらこっちを見たんだけど、ぼんやりしてると云うか、暗いと云うか。ともかく、挨拶も返してくれなくてすたすたどこかに行っちゃった。失礼だなあと思って、正直ちょっと腹が立ったんだけど――」

　きっと夫婦喧嘩《げんか》をしたのだと思った。乃亜と喧嘩してヘソを曲げて、それで乃亜の親友の修子に八つ当たりしたのだと。乃亜にはよく惚気《のろけ》られるけど、ひょっとしたら乃亜が云うほどユキオは好人物ではないのかもしれないと思った。

「正直に云って、ごめんね。でも、本当にそんな気がしたの」

「…………」

　実家の家族や親戚ではない人間からユキオの批判を聞いたのは初めてだったので、少なからずショックを受けた。ユキオがだれかを不快な気持ちにさせたこと自体が、ショックだった。乃亜が謝ると、修子は「こちらこそ」と返した。同じ問答を少しの間続けた。結婚後も結婚前もユキオと喧嘩したことなんてないが、修子の想像のままにしておいた方が良いような気がした。

「でも、それっていつのこと？」

「先月の初めくらい」

「先月の、初め――」

ユキオの部屋の日めくりカレンダーが、三月三日のままだったのを思い出した。でも乃亜が知る限り、ユキオがいつもと違う様子だったことなどない。そもそも、さっきはどうして修子に電話したんだったっけ。この窮地について助言が欲しかったからだ。でも、ユキオのことを打ち明けるのは躊躇われるわけで、だとしてもお金がないという差し迫った問題は残っている。

「ええと、そうそう、あのね」

乃亜は咳払いをしてから続けた。

「わたし、働きたいかなあと思ってるんだけど――。ええと、気分転換にって云うか」

「このタイミングで？　今はステイホームしとけば？　それに、乃亜ちゃんの好きそうな不要不急の職場は、コロナのせいで休業してるもの。わたしも、バイトがお休みになっちゃった」

修子は父親の伝手《つて》で、ロータリークラブの支部で働いている。老舗ホテルの秘密めいた階段の踊り場に窓のない小部屋があり、そこが事務局になっていた。秘密基地みたいで面白い職場だが、物置を借り受けているらしい。毎週の例会は昼食会なので、パンデミックの中にある今は開催が自粛されていた。元から余剰人員だった修子は、目下休業中なのだ。

「でも、わたしが好きそうな、不要不急の職場って？」

「風水とか薬膳とか」

さらりと、そう云った。

「そっか。なるほど」

納得してみたけど、もしも自分の天職を不要不急なんて決めつけられたら傷つくだろうなあと思った。面白いこと、心が豊かになること、気持ちを整えるのに役に立つことが排除されたら、人間が人間でいることに苦労する気がする。

(でも、今はそんなことを考えている場合じゃない)

などと思ってしまうのも、また現実なのだが。

「不要不急じゃなくていいの」

これもまた、奇妙な云い回しである。

「あのね、社会勉強をしたいって云うか」

「あ、わかった、皆まで云うな。ユキオさんがステイホームしてて、一日中一緒に居るのが大変なんでしょ？　そっか、そうよね」

修子は一人で納得している。

「そう云えば、近所のコンビニに求人広告が出てたけど。そういうのとは、違うわよね」

「ううん。そういうの、そういうの。それはどこ？」

訊く態度が、前のめりになる。

場所を教えてもらって、通話を切った。修子は婚活パーティのことを話したい様子だったが、常日頃の乃亜らしくない強引さで話を終わらせた。

＊

労働という未知の体験を前にして心が躍ったのは、乃亜が楽天家なせいである。そもそも苦労をしたことがないので、イヤな思いも怖い思いも知らない。箱入り娘からエスカレーター式に箱入り主婦になった人間が、楽天家であるのは当然のことではある。

就職面接も初めてなので、それに相応しいスーツは持っていない。六三、〇〇〇円のものを買って、所持金の残高が二八、〇〇〇円ほどになってしまった。リクルートスーツは二点セットで一〇、〇〇〇円以下で買えることを、乃亜は知らなかった。知らぬが仏というもので、着るといっそう胸が躍った。
六三、〇〇〇円のご利益もあってか、面接ではその場で合格だと告げられた。身なりがきちんとしていたのが、高評価につながったのは事実だ。履歴書を見た店長は、乃亜に職歴がないことよりも、学歴の高さに感心した。
「あなた、良い学校出てるんだねえ」

「は、ふふ」

乃亜は気弱に笑ったりした。卒業したのが履歴書に映える名門国立大であるのは確かだが、それをことさらに云われるのは苦手だった。目立つことや突出していることを、乃亜は子どものころから忌避してきた。学生時代は成績が良かったし、もっと幼いころから同年代の子よりも自分の知能が高いことに気付いていた。それが周囲との軋轢《あつれき》を生むことにもまた気付いていたので、ＩＱの高さや偏差値の高さはむしろ人生のお荷物なのだと感じてきた。学業を終えて箱入り娘となり、箱入り主婦を続けるにあたり、どちらかと云うとドンくさい人間と評価されるようになったのを、乃亜はむしろ喜んでいたのである。

「うちにも、あなたみたいな才媛が来てくれるとはねえ」

才媛なんて言葉を聞くのは、結婚式以来だ。

「だけど、ニュースとかでも見てると思うけど、今は大変だよ」

「あ、分断と不寛容ですね。わたしは、大丈夫です」

乃亜は即座に答えたが、その時点ではまだ他人事《ひとごと》としてその言葉を知っていたに過ぎない。大丈夫だと云ったけど、根拠は特にない。

「日曜日まで姪《めい》っ子が手伝ってくれることになってるんで。松倉さんは、月曜日から来てください」

そう云われて、乃亜は満面の笑みで頷《うなず》いた。できることなら、「わーいわーい」と云って万歳でもしたいくらいだった。アルバイトの面接に合格——余暇だけの中で生きてきた身には、大きな大きな成功体験である。考えてみれば、学生時代の好成績と高評価は日常的な成功を意味していた。あのころは現役だったのだと思うにつけ、こうしてまた現役に復帰することに、気持ちが湧きたった。そんな具合に高揚しているときは、ユキオのこともお金のことも意識にはなかった。

4　つい逃げたい気持ち

水曜日はマックラ食堂の定休日だから、本来ならばユキオとずっと一緒に居られる日だ。

ユキオ不在の九日目。乃亜に無断で九日も戻らないなんて、ちょっと酔っぱらって外泊——などと云うレベルを完全に逸脱している。そもそも、ユキオがルーティンから外れた行動を取ることなど、一度もなかった。ただの一度も、である。帰りが普段より三十分以上遅くなるときは、かならず連絡があった。

ユキオが消えてから、いつにも増してニュースを見るようになった。インターネットのニュースなんか、呼吸するように読んでいる。事件や事故の被害者に、ユキオと同じ年恰好《としかっこう》の男性が居ないかを探した。不穏な記事の中にユキオを見つけられないことは、大した安心をもたらさなかった。しかし、可能な限り事件報道に接していないと不安になった。

こんなことなら警察に捜索願を出すべきだと思い、そんなことをしたらユキオの失踪が実家に知られるかもしれないとも思う。メールの着信音がしたのは、「やはり警察に――」と靴まで履きかけたときだった。

見れば、父からである。『今夜、夕食を食べに来なさい』と書かれていた。

父から、こういう連絡が来るのは珍しいことではない。しかし、このたびは困ったタイミングだなあと思った。

現状、乃亜はユキオが消えたことを両親に話していない。これは嘘《うそ》をついているのではなく、話していないだけだ。母には少しだけ本当ではないことを云ったけど。でも、いざ顔を合わせて食事をするとなると、積極的に嘘をつかねばならない状況に陥ることは目に見えている。

『ごめんなさい。今夜はお友だちの修子ちゃんと会うから、また別の日に呼んでくださいね。修子ちゃんは婚活中で大変なときだから、どうしても会わないといけないのです。乃亜』

これもまた嘘なわけで、送信をタップしたときはちょっとした動悸《どうき》を覚えた。

(それにしても)

父のメールアドレスときたら、meiwakumail2noroiare@sun-net.or.jp（迷惑メー

ルに呪いあれ）ときたものだ。乃亜の父は、童話に登場する王さまみたいな人だ。根は寛大だが、敵対する相手には、容赦がない。迷惑メールをよこすような輩《やから》は、冥王星にでも行ってしまえと思っている。いわんや、失踪などしでかした娘婿をや。

＊

従兄の真司が来たのは、土曜日のお昼近くである。

真司は自分の実家よりも乃亜の実家をおのれの居場所のようにして入り浸っている。

親戚の大人たちは昔から、真司と乃亜が結婚すれば良いと云い続けてきた。真司は美男で優秀でスポーツマンで如才がなくて態度もスマートである。大人たちにたきつけられたせいか、真司は幼稚園に入ったころからすでに「ぼくのお嫁さんは、乃亜ちゃん」と決めていた。初恋にすら満たない無邪気なものだが、長じてもそれが揺るがなかったのは、頭の回転が速い真司にあるまじき信念だと乃亜は思う。乃亜が結婚した後でも、乃亜が帰って来るのを待っているような気配があり、もはや信念を通り越して執念だと思う。

しかし、真司の恋は片思いに終始してきた。

真司の華々しさが、乃亜には眩《まぶ》しすぎた。すなわち、好みではなかった。ユキオの凡庸さをこそ、乃亜は愛した。

そんなわけで乃亜の両親と真司との間には、乃亜を取り戻したいと云う共通の願いがあり、それが怪しげな絆《きずな》となって三人は結束している。真司と両親は一心同体だから、その電撃訪問に乃亜が身構えたのは無理のないことだった。

「伯母さんが、乃亜の様子を見て来てって」

「え」

乃亜は反射的に一歩後ずさった。やはり、怪しまれている。父からの食事の誘いは、罠《わな》だったのかもしれない。恐ろしいことだ。それを切り抜けたから、今度は真司が遣わされた……。

父母に比べて真司が扱いやすい相手かと云うと、そんなことは全然ない。真司は今も乃亜にぞっこんで、乃亜第一主義なんてことも公言している。さりとて、真司から乃亜への思いを取り除いたところで、真司という人間は無傷で残る気がするのだ。

「ユキオは、元気？」

一点の曇りもない笑顔。その笑顔を、乃亜は恐ろしい心地で見つめ返した。

「ユキオさんね、ずっと遠くまで仕入れに行ってるの。北海道まで出張なの」

両親には云えない嘘が、真司が相手だと簡単に口から出た。でも真実味がまるでなくて、乃亜は自分は俳優にはなれないと思った。犯罪者にもなれまい。政治家にもなれまい。

乃亜の内なる諧謔《かいぎゃく》などよそに、真司は小面憎い明朗さで白い歯を見せた。

「このコロナの中でも、大繁盛なんだな。でも、店は閉まってないか？」

「売れちゃったのよ。もう、食材がないの」

ヤケっぱちな返答をしながら、乃亜はこの場から走って逃げる自分を想像した。そして、本当に逃げてしまったユキオの気持ちを想像しようとして、胸が苦しくなった。自分を捨てて逃げた夫に同情して胸が苦しいなんて、きっと滑稽なことなのだろう。

（そうよね。やっぱりわたしは、捨てられたのよね）

目の前にある明朗な笑顔を、つい恨めしそうに見上げる。もしもこの人と結婚していたとして、ユキオと同じ立場になったら逃げるのかしらと思った。いや、ユキオは乃亜と同類だから、要領が悪いのだ。真司なら、ちょっとくらいの苦境は楽々切り抜ける。そもそも、この人なら苦境なんてものには陥らないと思う。

「お昼、食べに行かない？」

真司があっさりと話題を変えたので、乃亜はきょとんとした。真司らしくない詰めの甘さだと思う。でも、食事に誘ってもらうのはありがたかった。全財産の二六、八五〇円は、なるべく減らしたくないのだ。

テイクアウトのサンドイッチを買って、公園に行った。パンデミックの巷では、店を閉めているのはマックラ食堂ばかりではない。真司は洒落た店で洒落たランチを御馳走《ごちそう》したかったのにと、悔しがった。それが真心から出た言葉だとわかっているから、乃亜は真司を敵だと決めてかかっている自分を恥じた。それでも自己嫌悪の淵《ふち》に落ち込まなかったのは、空腹だったからである。人生で初めてと云っていいほど、乃亜は食い意地が張っていた。

「ところで、乃亜、何かあった？」

唐突に訊かれる。乃亜はリスのように玉子サンドを両手で持って、きょとんとした。無邪気で可愛らしい仕草に見えたが、実は不意打ちの問いに緊張して硬直していたのだ。やはり、真司は両親の回し者だった。親切なフリをして、こちらを探っていたのだ。

「え？　何？　大丈夫よ、どうして？　本当に、大丈夫」

ちゃんとごまかしたと思ったけど、相手は世知に長《た》けた営業マンだ。油断できないわと、身が引き締まる思いがしたのだった。

＊

コンビニでの仕事は初日から失敗と叱責の連続である。

修子が「乃亜ちゃんの好きそうな不要不急の職場は、コロナのせいで休業してる」なんて云っていたが、これはいかにも的を射ていた。速さと正確さが優先される業務は、乃亜には不向きである。生き馬の目を抜くような世界で生き抜くスキルがないのだ。鍛えれば身に付くのかもしれないが、現状の乃亜はひたすらドン臭いヤツだった。

しかも、今はコロナによる緊急事態の最中である。人は皆、生き延びるために懸命だった。分断と不寛容は、生存競争の必要により引き起こされた弱肉強食精神のせい。乃亜などは、どう見ても強食より弱肉の方だから、不寛容の標的になってしまった。マスクが品切れしていることでお客に怒られ、マスクが売り切れたことでお客に怒られ、仕事がトロイとお客に怒られた。

接客で悪戦苦闘しつつ、店長や年下の先輩に怒られつつも、乃亜は懸命に働いた。いかに非常時とは云え、もしも乃亜が有能な労働者であったならば、相手の態度は違っていたはずだ。認めてしまうのは屈辱だが、乃亜は仕事の出来ない人だったようだ。少なくとも、コンビニのアルバイトは不得手だった。

勤務開始たった二日目の昼下がりのことである。

レジカウンターの中で、乃亜は顔も上げられずにいた。忙しすぎて愛嬌《あいきょう》や礼儀にエネルギーを振り分ける余裕がなかったのだ。目の前に差し出されたカルボナーラを摑《つか》み「あたためますか？」と訊いた。

「…………」

カルボナーラのお客は、なぜかカルボナーラを離さずに不自然な沈黙を保っている。

不審に思って顔を上げた乃亜は、お客の顔を見て小さな悲鳴を上げてしまった。

それは、真司だったのである。

驚愕《きょうがく》のあまり、意識とか常識とか良識とかが木っ端みじんになってしまった。こんな経験は初めてだったから、驚いている自分に対しても驚いた。驚愕は増幅されて、乃亜は説明不能――というか酌量の余地のない行動に出てしまった。

駆け去ったのだ。勤務中のコンビニから。

5　怒る、節約する

仕事を放り出した結果として、解雇された。

馘首《クビ》という日本語を言葉では知っていたが、それが自分の身に起きるなど考えたこともなかった。そもそも、これまで就職したことがないのだからクビとは無縁なわけである。

それにしても、こんなに速攻でクビになるとは驚きでもあった。やみくもに店を飛び出して、家に逃げ帰った。それが非常識なことだとは、自分でもわかっていた。でも、限界だった。自宅という避難場所にたどり着いて、そのことにようやく思い至った。お客に叱られるのも、店の人たちに叱られるのも、これ以上は耐えられない。

それから一時間もしないで店長から電話が掛かってきて「もう来なくていい」と云われた。耐えられなかったのは、乃亜だけではなかったのである。店の人間の目に余るほど乃亜は仕事が出来ないヤツだったし、お客からも多数の苦情が来ていたらしい。あまりにもトロくて要領が悪くて、商品を渡し間違えるし、ゆかに落とすし——。

通話を終えてすぐにインターホンが鳴ったのは、驚いたけど却ってよかった。訪問者が真司だったのも、ある意味でラッキーだった。乃亜はあんな態度を取ったわけだし、説明責任を果たさねばならない立場である。説明なんかしたら大変なことになるが、少なくとも何らかのフォローは必要だ。

カルボナーラを持って硬直していた真司は、乃亜と同じほど驚愕の極みにあった。しかし今、真司はこの前サンドイッチをおごってくれたときと変わらず、明るく包容力のある態度のままだ。乃亜の了解を取るでもなく、勝手に上がり込んだ。

乃亜は慌てて真司の背中を追いかけ、「あれは」とか「あのね」とか口にしたけど、そこから先は言葉が繋《つな》がらなかった。リビングのテーブルには、朝に買ってポケットに入れていたおにぎりが一つと、水道水の入った切子《きりこ》のグラスが載っていた。

真司は黙っておにぎりを見つめ、それからくるりとこちらを振り向いた。その動作が唐突だったことと、顔付きが一変して深刻だったから、乃亜はドキリとした。

「昼メシでも食いに行こうか」

そう云った声に爽やかさが戻っている。顔の表情も柔和になっている。

「あの、でも」

乃亜がおにぎりを指さすと、真司は紳士的なほほ笑みを浮かべたまま「こんなもん！」と云って、おにぎりを一口で食べてしまった。この人は今、何かとてつもない精神状態にあると察して怖くなる。いっそ、コンビニの店長みたいに硬い態度を取ってくれた方が楽なのにと思った。いや、本当にそうか？　乃亜は人間の諍《いさか》いが何より苦手なのに？

連れて行かれたのは、狭くて急な螺旋《らせん》階段を下りた底にある地下のバーだった。スタイリッシュで暗くて落ち着かない空間である。階段の上にあるドアには「CLOSED」の札が出ていたが、バーテンダーらしい男の人が一人居た。真司と交わしている挨拶から、この人が「小倉《おぐら》さん」という名前で、ここの店主であり、店はパンデミックのせいで休業中らしいことがわかった。

小倉さんはむさくるしくて格好が良くて、外国の小説に出て来るような人だと乃亜は思った。髪の毛をぼさぼさと伸ばしていて、白髪が何本かあった。すごく不機嫌そうで、にこりともせず、マスクをしていても美男だとわかる。気だるい感じがやけにセクシーだった。

店の佇まいには生活感がまるでないし、小倉さんは頽廃《たいはい》的な感じの美男だし、真司の云う「昼メシ」を食べる場所がここなら、どんなものが出てくるのか想像もできなかった。で、実際に饗《きょう》されたのは、意外なことにコロッケ定食とでも云う雰囲気の、ごく家庭的な料理である。

「食べて、食べて」

真司が、明るい声で云った。

一口食べると、あまりに美味しいので驚いてしまった。つい、われを忘れてかぶりついた。行儀が悪いなあと思ったけど、衣食足りて礼節を知るというのは本当だった。支払いを済ませて貧乏になってから、まともに食事をしていなかったのだ。温室育ちの箱入り主婦である乃亜は、節約に関しても要領が悪い。何をどう切り詰めてよいのかわからないから、無駄なリクルートスーツは買ってしまうけど、日々の食事を削ってしまう。

近くに真司の気配があるのに、乃亜は宇宙空間にたった一人で居てコロッケ定食を食べているような気がしていた。

真司が芸能人の口真似《くちまね》をするのを聞きながら、乃亜は不意にスイッチが切れたように箸を止めて顔を上げた。満腹になったのである。音楽のように流れていた真司の語りが、すっと遠のいた。代わりに、このところの試練が沸騰したお湯のように零《こぼ》れだす。

ユキオが突然に消えてショックだったこと、寂しかったこと。節約で変に努力したこと。両親や真司に隠すために、神経をすり減らしたこと。コンビニで頑張って働いたけど、周囲に迷惑ばかりかけていたこと。怒られたこと。意地悪な扱いを受けたこと。

楽しいことは一つもなかった。

記憶は一瞬で感情に変化し、それは涙になって溢れた。真司はテレビ番組の話を中断し、小倉さんは思慮深そうな目でこちらを見た。

「何があったの？」

真司が、そう云った。慌てるでもなく、ごく優しい声だ。乃亜がいくら隠そうとしても、何も隠せていなかったのだなあと悟った。ポキリと音がした。心が折れた音だから、耳には聞こえなかったけど。

それが合図になって、乃亜は話した。

もう発作的に一切合切を洗いざらい、まるで改心した犯人みたいに正直に話した。

真司は一言も口も挟まずに聞き、乃亜が話し終えると「そうか」とだけ云った。そして、差し出したのは涙を拭くハンカチではなく、札束である。厚い。百万円ぐらいある。それを見て、乃亜はようやくわれに返った。

「こんなの、使えません」

「なんで？」

「なんでって……」

口ごもるが心は揺れた。真司は落ち着いた態度で口を開く。

「知ってると思うけど、おれ、むかしから乃亜ファーストだから。乃亜が幸せじゃないと、おれも速攻で不幸になるんだ。乃亜がメシも食えない状態にあるって考えると、おれは仕事も手につかないし、生きた心地もしないし、眠れないし、めっちゃ不幸なわけ。乃亜さ、おれのことを不幸にしたいの？」

突き返した札束を、つーっとこちらに滑らせて寄越した。感動的な言葉だった。

「ありがとう、しんちゃん」

バッグからティッシュを取り出して、はなをかんだ。そして、ためらい、考えた。

「ありがとう。じゃあ、借ります。でも、使ったお金は絶対に返すから」

本気でそう云ったのだけど、同時に自分の声が胸の中で響いた。わたしは、どうやって返すつもりなのだろう。自分で働いて？　ユキオが帰って来たら工面してもらう？　お金がなくて（たぶん）逃げた人に、お金を工面してもらう？　そもそもユキオは帰って来るのだろうか。乃亜は――捨てて行かれたのに。

そう思ったら、かつて覚えたことのない感情が胸の底から湧き上がってきた。お人《ひと》好《よ》しで善良で柔和な性質の乃亜には、未知のものだった。それは、突然の腹痛とか立《た》ち眩《くら》みに似ていた。

ぶったたきたい。ユキオさんを、ぶったたきたい。

怒りである。実に、乃亜はこのとき生まれて初めて本気で「怒った」のだった。

わたしはだまされて、捨てられた。こんな思いをさせられて、本当に頭にくる。

真司には、乃亜の心中が見えていたのだろう。だから、踏み込んだことを云い出した。

「でも、実はさ――こんなことじゃないかと思ってたんだよな。ていうのは、あいつ、よそに女が居るらしいんだ」

「え。どうして？」

乃亜はつぶやくような調子で訊いた。「妻のわたしが居るのに、どうして」の意味だったが、真司は「どうして、そんなことを知っているの？」と云ったのだと思った。それで、慌てて弁解を始めた。

「調べたんだよ」

パンデミックが世界中を覆ったとき、乃亜の両親はロックダウンと飲食業界の危機を強く予感した。——いや、近くに人気店が出来た時点で、マツクラ食堂の経営が危ないことを見抜いていた。なにせ、乃亜の父は信金の理事長、日々お金と対峙するお金のプロだ。

両親は、乃亜のためにユキオと別れさせねばならないと決心した。決心したら行動するのが、乃亜の両親である。さっそくユキオの身辺を調べた。そしたら、調査会社に頼むまでもなく、すぐにわかった。ユキオには、浮気相手が居る。

「そんなの、嘘です！　信じません！」

つい今しがたユキオに対して湧いた怒りは、ショックのあまり方向を変えて、真司に向いた。滅茶苦茶ではあるが、乃亜には乃亜なりの理屈がある。両親と真司はチームなのだ。乃亜とユキオを別れさせ、真司と再婚させるのが彼らの目標である。乃亜とは決定的に相いれない人たちなのだ。

それなのに、こちらの実情を全て話してしまった。激しく後悔した。たった今まで恩情のかたまりだと思った真司が、大悪党のように見えてきた。何はともあれ、早くこの場所から離れなければいけない。

急いで席を立つと、カウンターの中の小倉さんに「美味しいごはん、ありがとうございます」と早口で挨拶をした。本当に美味しかったから誠心誠意お礼を云いたかったけど、こんな早口で云い捨てて逃げるように去ることに罪悪感を覚えた。小倉さんは興味なさそうに、小さく頷いた。

「乃亜、これを――」

小倉さんとは対照的なテンションの高さで、真司が追いかけて来る。意外なくらい出遅れたのは、札束を落としてしまい、拾うのに手間取ったせいだ。

「嘘つきから、お金なんか借りられません」

「おれが云ったのは、嘘じゃない」

「嘘です！　ここでわたしが云ったこと、両親に告げ口したら絶交だから！」

狭くて急な螺旋階段を駆け上がり、二回つまずいた。真司はもっと多くつまずいたせいで追いかけて来られなかったから、きっと乃亜よりもよけいに動揺したのだろう。

怒りに任せて電車にも乗らずに徒歩で帰宅したのだが、潜在意識が電車賃を節約することを選んだのかもしれない。

靴を脱いだ途端に腰が抜けて、玄関マットの上に座り込んでしまった。感情が昂《たかぶ》った後は、疲労物質が余計に分泌されるのかしらと思った。

＊

寝落ちして目覚めたら、すっかり暗くなっていた。冷蔵庫のストックは心細い状態で、お昼をたくさん食べたから夕食は省略しようと決めた。水道光熱費節約のために、入浴もやめておくことにした。同様に、節約のために電灯は点《つ》けずキャンドルを出してきた。つくづく、節約の仕方が極端で現実的ではない乃亜である。

暗い部屋の中に居ると、思考は内側に向いた。考えないようにしても考えてしまうのは、真司の云った「ユキオの浮気」のことである。気を紛らわせようとして、ユキオが買ってくれた海外ドラマのブルーレイＢＯＸを引っ張り出した。電気代節約のために電灯を消したのに、大型テレビの電源を入れる矛盾に乃亜は気付いていない。

熱中して観ていたはずなのに、また寝落ちしてしまう。目が覚めると、プレイヤーが止まって朝のニュースが流れていた。

6　ケンダマさんとチワワ

　寝汗をかいたので着替えをして、やはり電気代などの節約のために服は手洗いした。

　二階のベランダに干してからそそくさと外出したのは、家に居たら冷蔵庫の中の食材を食べきってしまいそうな気がしたからである。昨日は夕食抜きなので、お腹《なか》がペコペコだった。お昼に小倉さんの店で満腹になるまで食べたのが、嘘のようだ。人間って、いつも食べているのね、と思った。

　さても、冷蔵庫の中身を守るために外に出たなどと認めるのがいやで、ユキオを捜しに行くのだと自分に云い聞かせた。実際、ほかにすることもなかったのである。

　マツクラ食堂は、やはりシャッターが下りていた。探偵や刑事ドラマみたいに近所の人に聞いて回ろうかと思ったが、正直なところ気が乗らなかった。何をしてもお腹が減るばかりだ。

ぺしゃんこの胃袋の辺りに手を置いて往来を眺める。ニュースでも盛んに云っているとおり、人通りがなかった。ランニングウェアの中年紳士が、ゆっくりと走りすぎた。手作りらしい可愛い布マスクの老婦人が、買い物カートを引っ張って元気に歩いて行く。不機嫌な目をした少女が、マックラ食堂の前で唐突に立ち止まり、歩道の縁石に腰掛けた。制服は着ていなかったが、高校生だろう。紺色のスクールバッグを肩から下げていた。

不思議に思って眺めていると、少女はスクールバッグから菓子パンを取り出した。無言かつ無表情で袋を破いて、大きな口で食べ始める。それがあまりに美味しそうだったので、乃亜はつい見入ってしまった。

「………」

視線に気付いたのか、こちらをじろりと見上げる。思わず目を逸《そ》らしたときには、女の子はもはや乃亜の存在など忘れたみたいに、親の仇《かたき》をやっつけるような勢いでパンを食べ続けた。それをまたじっと見つめてしまう乃亜だが、不意にゴツンと肩を叩かれる。

「きゃっ！」

反射的に悲鳴が口を衝《つ》き、パンを食べる女の子が顔を上げ、背中を叩いた当人も

「あわわ」とか「なんだい」とかと文句を云った。

それは、前にもここで会った老紳士だった。老紳士とは云っても、服装がぼろぼろで……とは前回も思ったことである。あの折に腰のベルトにけん玉を差していたから密かにケンダマさんと名付けたのだが、今日も西部劇の保安官みたいに装着していた。そして、小さな犬を連れている。薄茶色の毛足の長いチワワだ。口を開いて乃亜を見上げる様子が、今にも「こんにちは」なんて人間の言葉を云い出しそうだった。

「ほれ、ほれほれほれほれ」

乃亜がチワワを見て眦《まなじり》を下げていると、ケンダマさんは全身のポケットから次々とコンビニおにぎりを取り出した。その手付きの華麗さや無尽蔵におにぎりのあふれ出る様子は、まるでマジックである。見とれるうちにも、梅、おかか、海老《えび》天、高菜、五目御飯……無尽蔵のおにぎりを次々と手渡された。合計して、二十五個。

「食べなさい」

最後に几帳面に畳んだレジ袋を渡すと、ケンダマさんは高圧的な声でそう命じた。中学一年のときに数学を習った白谷《しろや》先生を思い出した。それで、慌てて背筋を伸ばす。

「は——はい」

ケンダマさんに指差されるまま、縁石に腰掛けて女子高生と一緒におにぎりを食べ始めた。乃亜は昨日のコロッケ定食と同様にぱくぱくと大急ぎで食べて、二個半が胃の中に消えた辺りでようやく人心地ついた。女子高生は怪しげなおじいさんがくれたおにぎりを、怪しげな女と並んで美味しそうに食べている。

その様子を楽しそうに見ていたケンダマさんは、つと立ち上がった。背筋を伸ばして周囲を睥睨《へいげい》し、重々しい所作で腰のベルトからけん玉を抜き取った。痩せて筋張った腕に力がみなぎったように見えたとき、糸の先で力なく垂れていた玉が、ぴょんと跳んだ。

ぴょんぴょんぴょんぴょん。

それは生命かエンジンがあるかのように宙に飛び出し、その都度、皿のような部分に乗ったりツノのような部分に突き刺さったりした。かすかに風が起こり、数々の離れ業は一定のリズムを刻む。二拍子、三拍子――マーチ、ワルツ、それからこれはブルースだろうか。ケンダマさんは玉の刻むリズムに合わせて、淡谷《あわや》のり子の『別れのブルース』を歌い出した。祖父の好きだった歌である。乃亜が一緒になって歌うと、となりの女子高生が称賛の目でこちらを見た。チワワが利口そうな顔で頷いた。

けん玉ワンマンショーは唐突に終わり、ケンダマさんはロックスターか怪しい宗教の教祖のように両腕を広げて天をあおいだ。そして、自分の一代記を語り始めた。

それによると、現在のケンダマさんはやはり「ケンダマ」と呼ばれている。職業はホームレス。以前は大会社の社長で、裸一貫のたたき上げ……要するに自慢話だった。

自慢話が面白くないのは世の常である。女子高生は途中で立ち去り、乃亜もそろそろユキオを捜しに行きたくなったけど、目の前で滔々《とうとう》と語るケンダマさんを置いて立ち去るのは気が引けた。

（おにぎりをたくさんもらったし）

どうせ聞かなければならない話なら、ケンダマさんの機嫌を損なわない方が良い。熱心に耳を傾けるような態度で、さらに拍手をしたり「えー」とか「すごい」とか合いの手を入れたりした。それで、話す方はますます調子に乗ってしまったのだが。

ケンダマさんの物語は長年の懸案だった同業他社との合併を成功させ、事実上の経営権を息子に引き継いだところで大団円となる。乃亜は出血大サービスとばかりスタンディングオベーションでこたえると、ケンダマさんは滑稽なくらい得意がって胸を反らせた。

ここまで聞いてあげたのだからと、乃亜は「こほん」と咳払いをした。

「あの——」
と、背後のマックラ食堂を手で示す。
「この店の店長のこと、知りませんでしょうか？」
前に来たときも、ここにケンダマさんが居た。食堂をからかう小学生を叱ってい
た。あるいは、ひょっとしたら、万が一、ケンダマさんはユキオと親しかったのでは
ないかと望みを掛けたのである。
「ふむ」
ケンダマさんは、長いこと黙り込んだ。それが不自然に長い時間だったので、乃亜
は（これは、何かある）と確信する。ところが、不意にケンダマさんの目から緊張が
消えて「知らないね」と云った。
「あんたは、知り合いなんだ？」
親指を立てて店を示し、ユキオのことであるようにその親指をクイクイッと動かし
た。
乃亜がここの店長の愛人だとでも考えているのだろうか。乃亜はムッとしたけど、
ケンダマさんは少しも気にせず、パンデミックのせいで世の中が活気を失ったことに
ついて文句を云った。でも、あまり本気でもないような口調である。

「ところで、お嬢さん、今から時間ある？」

「は、はあ」

時間はあるのだ。ユキオを捜すというのは、半分くらいは冷蔵庫の食材を温存するための口実だったわけだし。ケンダマさんの無尽蔵おにぎりのおかげで、満腹になった。食べきれなかった分は、これもケンダマさんのレジ袋に入れて手に提げている。

「じゃあ、行こう」

そう云って、唐突に歩き出した。チワワが促すように一声鳴き、乃亜は慌てて後に従う。

ケンダマさんはこちらを振り向きもしないで、このチワワのことを説明した。飼い始めたのはほんの先週からだという。迷子らしく途方に暮れた様子なのを保護して、食べ物を与えたところ甚《いた》くなついた。賢い子で、『銀座の恋の物語』のデュエットを完璧に覚えたとのこと。

「まあ、すごい。おりこうさんでちゅねー」

乃亜はつい、赤ちゃん言葉でお世辞を云った。褒められるのが大好きらしいケンダマさんは、そこからまたひとくさり家族の自慢話をして、こちらを振り向く。

「お嬢さん、落語は好きかね？」

「え？　ええっと、ええ、はい、好きだと思います」

「思いますとは、どういうことだ」

「いえ、はい、好きです。落語、好きです」

ケンダマさんは、それから立て続けに「では、刺身は好きかね」「芸者は好きかね？」「音楽は好きかね」と訊いてきた。

それからあちこち、歩いて移動した。抜け穴のようなところを通ったり、軒先から軒先、路地から路地——乃亜はまるで童話の舞台を歩いているような気分になった。

「ここだよ」

ケンダマさんが立ち止まったのは古い一軒家の窓のそばで、なんとその家の庭の中に入り込んでいる。人差し指を口に当てて「しーっ」と注意された。窓は少し開いていて、風が部屋に入り込んでいる。そして部屋からは人の声が聞こえた。若い男性の声だ。それに応えて、よぼよぼのご隠居が古めかしい口調で話している。若者の名は八《はっ》つつぁん……。

（八っつぁん？）

その家の主は落語家で、稽古の最中だったらしい。

ケンダマさんは「聴け、聴け」と手振りで云った。これは家宅侵入にはならないのだろうか……とビクビクしながら耳を傾けるうち、可笑《おか》しくてつい声を出して笑ってしまった。

八っつぁんが啖呵《たんか》を切っている途中だったが、ほんの一瞬途切れただけで面白い話はぽんぽんと続いた。

落語を聞き終えた後、ケンダマさんの知人を訪ねた。釣り好きのその人から、海から持ち帰ったばかりのクロダイとアイナメの刺身を御馳走になった。満腹になったところでずいぶんと歩き、今度は芸者を引退したという老婦人の家の軒先で三味線を聴く。三味線と一緒に粋な端唄《はうた》も聞こえてきて、乃亜は「おとうさんが、好きなのよね」と思った。ケンダマさんと老婦人は知り合いのようだった。聴き終えてから、ケンダマさんは「おう、来てたぜ」なんて声をかけている。

ケンダマさんと縁側の方に回って、狭いけれど手入れの行き届いた庭を眺めた。

「お嬢さん、有名な禅寺なんかにある石庭をどう思うかね？」

「ええと。素晴らしいと思います」

「本当？　おれはね、植物が植わってない庭って意味がわからないんだ。だって、庭ってのは植物を植えるところじゃないのかい？」

「ああ、この石頭ったら。この人は、自分で理解できないものの価値を認めないのよ」

老婦人は憎まれ口を云いながら、煎茶を御馳走してくれた。「ちょっと。ノミとかシラミとか、置いてかないでよ」なんて云ったので、乃亜は反射的に身を硬くする。ケンダマさんは高笑いして、老婦人に抱き着こうとした。老婦人は「きゃあ、きゃあ」と楽しそうな声を上げて逃げる。チワワと乃亜が加わって狭い庭で鬼ごっこのようにはしゃいだ後、また延々と歩いて広い公園に行った。

公園は、からっぽだった。背の高い外国人の青年が、広い空間の真ん中でチェロを弾いていた。乃亜の好きなフォーレの『エレジー』だった。茫漠《ぼうばく》とした空間を、チワワと乃亜とケンダマさんとチェロ奏者の青年が占領している。車のエンジン音さえ遠かった。『エレジー』は三人と一匹を暫《しば》しの間、ここではない別の世界に運んだ。詩的で哀愁を帯びて、夫が失踪したとかパンデミックなのにマスクすら手に入らない——なんて卑近な悲劇など存在しない世界だ。

音楽がやむと、現実の音が戻ってくる。乃亜はチェロ青年の前に置かれた楽器ケースに、なけなしの所持金から五〇〇〇円をカンパした。本当は万金に値すると思ったから、申し訳なく思った。

「お嬢さんも馬鹿だね。文無しなんじゃないのかい？」

ケンダマさんは、さっき聴いた落語のご隠居みたいな口調で云う。しかし、乃亜は全財産が二六、三五〇円しかないことなんて、どうでも良い気がしていた。現に家も地位も捨てたケンダマさんは、こんなにも心豊かに生きているではないか。

「わたしも、ケンダマさんみたいな生き方がしたいんです」

コロナフリー、ストレスフリー、家族フリーである。

乃亜の高揚した笑顔を前にして、意外にもケンダマさんは少しも喜ばなかった。

「馬鹿云っちゃいけない」

「え？」

生き方を全面的に支持したと云うのに、難しい目をされたのが意外だった。ケンダマさんは、大層な自慢屋らしいのに。

「ふん」

何が気に入らないのか仏頂面のケンダマさんは、チワワを乃亜の方に押し付けてくる。

「おれは、余命がわずかだから、もう飼えないんだ。名前は、お嬢さんが勝手に付けなさい」

「ええ？」

面食らう乃亜をよそに、ケンダマさんは余命がわずかとはとても思えない速足で立ち去ってしまった。想定外の事態を処理しきれず、乃亜はフリーズした。腕の中で、チワワがもこもこと身じろぎした。

7　魔法使いじゃないんだから

犬を飼うのは、初めての体験だった。そもそも、これまでの人生でペットと暮らしたことがない。だから、ケンダマさんにチワワを託されたとき、清水の舞台から飛び降りろと云われたくらい委縮した。絶対に無理だと思った。里親になってくれそうな友人知人を咄嗟《とっさ》に十人ばかりピックアップし、どう頼み込もうかまでシミュレーションしてみた。犬のリードをひっぱるなどしたことがないので、そんなことをしたら何か申し訳ない気がして、自宅まで抱いて帰った。

チワワは腕の中でもこもこと動き、そのぬくもりに心がほぐれてゆく。家に着くまでの間に、少なくとも三百回は「可愛い」と口に出した。「可愛い」と繰り返すにつれ、乃亜は幸福を感じた。一歩ごとに幸福は希望に変わった。こんな可愛い子と一緒に暮らせるのだと思うと、胸が躍った。里子に出そうなんて気は、いつの間にか消えている。実のところ、わくわくしているときはユキオのことさえ忘れていた。

「さあ、今日からここがあなたのおうちですよ」

チワワをリビングのソファに座らせ、いや、犬というのは序列を重んじる生き物だから、平等に接するのは却って迷惑かもしれないと思い直してゆかに下ろしたけど、でもそれもひどい気がして再びソファに乗せた。

帰り道で買ったドッグフードを、小鉢に入れてテーブルの上に置く。小鉢と同じシリーズのサラダボウルにも水を入れて置いてから、ぬるま湯の方が良いかしらと思った。チワワはまたもこもこと身じろぎしてから、小鉢に飛びついた。

「ああ、もこちゃん、もこちゃん、ゆっくり食べるのよ」

無意識に、そう呼び掛けていた。もこもこ身じろぎする気配や体温が、世界で一番可愛い（と、乃亜は思った）名前を自ら示していたのだ。チワワの名前は、もこちゃんと決まった。

ノートパソコンにかじりついて、小型犬の飼い方に関する情報を読んだ。初めて犬を迎えたときは、動物病院で健康状態を診てもらうべきだと書いている人が居て、乃亜は「なるほど」と頷いた。

翌朝、さっそく出かけた動物病院は大変な混みようだった。パンデミックを警戒して外出をひかえる人も、「うちの子」のためならエンヤコラ、なのである。キャリーケースがないので待合室では抱きかかえて順番を待っていたが、ほかの犬を連れた人も、猫を連れた人も、小さな鳥かごを抱いた人も、もこちゃんを褒め、それから乃亜が着用している兄嫁お手製のマスクを褒めた。

思えば、物心ついてからずっと褒められてきた。可愛い、賢い、優しい、行儀が良い、品が良い。乃亜は挫折も世間の荒波も知らなかった。ユキオが請求書の山を残して消えるまでは――。

いかにも、乃亜は混雑する動物病院の待合室で、本来の自分を取り戻していた。褒められて育ち、褒められて生きてきた乃亜にとって、褒められることは栄養であり薬だった。その多幸感は、診察を終えて会計に呼ばれるまで続いた。

「三二、〇〇〇円です」

「え……」

マ・ズ・イの三文字が、悪心のように込み上げる。全財産は二六、三五〇円。その中から昨日はフードを買い、今日は健康診断の後でワクチンの接種、更に昨日買ったものよりも栄養バランスの良さそうなフードや錠剤カッターまで欲しくなった。

錠剤カッターは差し迫った用途があるわけではないが、それを諦めたとしてもせいぜい数百円。フードはどうしたって必要だし、本来の目的だった検査とワクチンの接種はすでに終えているから支払いは必須である。

　マズイ、どうしよう。片手にもこちゃん、もう一方の手に大事なフードを持って悩んでいると、背後からすっと誰かの手が伸びてきた。細くて白い手は一万円札を持っていて、それを会計カウンターに差し出す。

　驚いて振り向くと、会ったことのある人が立っていた。マツクラ食堂のスタッフの女性――山田民である。民は猫用のキャリーバッグを抱えていた。こちらを見て、使いなさいよと云うように一万円を目で示す。その目が、にやにや笑っていた。

「これで足りる？」

「は、はい」

「貧乏人が犬を飼ったら、駄目でしょ」

「ですよね、すみません」

　乃亜は小心そうに頭を下げた。自分のつま先に向かってお辞儀した格好になったが。

「憲法にだって書いてますよ。全てのペットは、健康で文化的な最低限度の生活を営む権利を有する」

「はい」

「嘘ですけど」

「あ、ええと」

「でも、そういう覚悟がなくちゃ、ペットを迎えたら駄目ですよ」

「ですよね、すみません」

「その犬、どうしたんですか？　飼ってないはずですよね？」

「え？」

乃亜は思わず顔を上げて民を見た。どうして、そんなことまで知っているのだろう？　ユキオは職場で、家のことを話していたのだろうか？　仕事のことは、乃亜には少しも教えてくれなかったのに。

「ホームレスの人に、もらったんです」

余命がわずかだから飼えない云々《うんぬん》については、いくら世間知らずの乃亜でも頭から信じていたわけではない。でも、それを聞いた民は、はじめて親しげにこちらを見た。

「ふうん」

云ったのはそれだけだったが、あまり意地悪な調子ではなかった。

民の会計を待って、一緒に動物病院を出た。駅までの道を、民と並んで歩いた。お互いずっと黙ったままだったが、駅が見えてきた辺りで、民は「ふん」と大きなため息をつき、そのついでといった調子で云った。

「コロナがこんなになる前から、店は閉めてたんです。元々、そんなに流行っている店ではなかったけど、それなりに固定客は居たんですよ。だけど、ゆっくりゆっくり萎《しぼ》んで行ったと云うか。決定的に赤字になったきっかけは、やっぱり温帯が出現したことでしょうかね」

温帯とは、近所の競合店だ。向こうは、マックラ食堂のことなど敵にさえ認定していないかもしれないが。

「店長って、センスが悪いんですよ。屋号と店の雰囲気はちぐはぐだし、その雰囲気って云うのもまたダサいですからね。オーガニックのレストランってほかは、アピールできるものが全くないんだもん。『味で勝負だ』なんて云ったって、その味がまた残念な感じなんですよね。オーガニックってところに胡坐《あぐら》をかいて美味しさがお留守な店なんて、お客に見放されて当然だったんです」

ユキオが聞いたら、傷つくだろうなと思った。マックラ食堂で調理をしていたのは、ユキオだったのだ。

「主人には、そのことは？」

指摘したのだろうか？　乃亜には、とてもじゃないがそんなシビアなことは云えない。でも、民は歯に衣着せぬタイプのようだから、ちゃんと指摘してあげたのかもしれない。

「ていうか、まあ」

民は言葉を濁した。それで、何となく彼らのやり取りの様子がわかった気がした。おそらく、民は今云ったようなことを、ユキオにも指摘したのだろう。だけど、その忠告は無視されたに違いない。

ユキオと乃亜は似た者夫婦で、どちらも柔和で他人の意見には耳を傾けるタイプだ。でも、二人とも意外に頑固なのである。聞くのは聞くけど、聞き入れない。

そんな性格だからこそ、二人は乃亜の家族の反対を押し切って結婚まで出来たのだと思う。穏やかさを旨として蛮勇は好まない。でも、頑固。それは周囲から見たら――。

「店長って、何だかちょっとイラッとするタイプですよね」

いみじくも、民はユキオの本質をそう云い当てた。

「奥さんも似てますけどね」

そうなのだ。自分には夫と同じ粘り強さがある。そして、このときの乃亜は、確かに血迷っていた。アクシデントの奔流におぼれ、アドレナリンが不必要なほど全身に溢れていたのかもしれない。

「わたしが、お店をやります！」

そんなことを宣言したものだから、民は「は？」とだけ云って目を剝く。

「問題点は、もう洗い出されているわけですよね」

なにやらビジネスパーソンらしい云い回しに、ちょっと酔った。

「だったら、そこを改善したら良いわけですよね」

「あのね、奥さん」

民は呆《あき》れている。

「そんな……魔法使いじゃないんだから。犬の病院代もないような人が、何を云ってるの？　努力とか気合いで何とかするなんて、いわないでよ。それは努力したことのない人間の云う言葉なんだからね。現実の社会では、そういう精神論は通用しませんから」

などといくら云われても、乃亜の突然の決心は少しも揺るがなかった。ユキオがユキオならば、乃亜も乃亜——と云ったところ。

「おたくら夫婦って、本当タチ悪いわよねえ。いくら説明しても、意味なく頑固で思考停止してんだから」

民の指摘のとおり、乃亜の意識にはもはや他人の言葉など届かなかった。「ふっふっ」なんてほくそ笑むあたりは、昔の人たちなら「狐《きつね》が憑《つ》いた」なんて云い出しかねない様子だった。

*

もこちゃんを抱いて、決然と実家を訪れた。

ユキオが失踪した件は、案の定、真司の口から両親に伝えられていた。乃亜が行ったまさにそのとき、真司も来ていて一切合切が両親の耳に入れられていたのである。

「すわ、一大事！」と色めき立った両親は、さっそく乃亜を訪ねようと腰を上げかけた。乃亜が玄関を開けたのは、そんなタイミングだった。

両親はまるで沸騰した鍋の中の具材みたいに興奮していたが、やんわりだが強固な乃亜の態度の前では、何一つ聞き出すことが出来ず、どんなお説教も聞いてもらえなかった。

「ユキオさんに代わって、わたしが店をやります」

決然とした口調で、乃亜はそう云い放った。啞然《あぜん》とする両親と真司は、三人そっくり同じ表情で乃亜を見る。

「そんな、乃亜ちゃん……。魔法使いじゃないんだから、簡単に済む話じゃ……」

母が、さっきの民みたいなことを云う。民の言葉が一切耳に届かなかったように、母の言葉も乃亜の決心を揺るがすことは決してない。

「問題点はすでに洗い出してます」

問題点とは、民の愚痴のことだ。しかし、これが娘の意外な逞《たくま》しさに聞こえるのが親の欲目だった。いや、両親は「問題点」の一言に、乃亜のユキオへの批判を聞き取った。たとえ、それが勘違いだったとしても。

「つきましては、信金からお金を借りたいんです」

母と真司は、おろおろと父の顔を見た。父は泰然と腕組みをして思案していたが、やがて顔を上げた。さすが、親子と云うべきか。その異様に前向きなさまは、乃亜にそっくりだった。

「そういうことなら協力は惜しまないよ」

父が力強い声で云うと、母がいかにも追従するように何度も頷いて父を見上げた。

真司だけが、慌てている。

「ちょっと、伯父さん、そういうことなら――じゃないでしょう」

職歴すらない乃亜に店の経営など無理だとか、お嬢さん育ちの乃亜にそんな苦労をさせられないとか、ごくまっとうに諫言《かんげん》したが聞き入れられなかった。

こうして、乃亜は父の信金に店の立て直し資金を融資してもらうことになった。生活費すらないという問題も、それで解決した。

8　目的のためには手段なんて

店の改装工事が済んだのは、緊急事態宣言が終わってからしばらく経《た》った六月半ばのことである。両親の感覚としては、乃亜が実家に来て再建宣言をした時点で、店はもう乃亜と自分たちのものになったつもりでいる。登記やら何やら七面倒くさいことは置いといて、自分たちが乗り出す以上はもうユキオの帰って来る場所などないのだ。ともかく、そうなのだ。——というつもりでいる。

父は「まかせなさい」と胸を張り、馴染《なじ》みの工務店を手配してくれた。ユキオが帰って来て無断で店に手を加えたと怒りはしないだろうか。いや、ユキオは怒らないけど、一人でこっそりと悲しむのだ。そう思ったら乃亜は自分がひどいことをしているような気がしたけど、すぐに気を取り直した。

少なくないヘソクリが空っぽになるほど請求書をためて、『捜さないでください。ごめんなさい』なんて説明にも何もなっていない書き置きだけ残して、乃亜を置き去りにして消えてしまうような人に、何の遠慮が要るというのか。

（こういうことを考えるのは、いわゆるアレね。心を鬼にするってヤツね）

心を鬼にすることなどあまりないから、なんだか新鮮だった。いや、いくら何でも面白がるシチュエーションではない。しかし、着々と出来て行く内装を見ているうちに、やはり心ならずも胸が躍り出すのである。

ユキオの店のコンセプトは、さしずめバブル時代のテレビドラマという感じだったろうか。乃亜が胸を張って云えるのは、今も未来もユキオを愛しているということである。しかし、ユキオの店が醸し出すダサさは許しがたかった。そもそも、バブルとオーガニックに親和性があるとは思えない。

ユキオの店からむず痒《がゆ》いようなお洒落《しゃれ》さが消え、どんどん実用的で素朴な様子に変わって行った。いつかテレビのドキュメンタリーで見た、機能的だけど優しく暖かい東欧のかつての国営食堂を真似したつもりだった。それは、どこかしら小学校の給食の設《しつら》えにも通じている。机をテーブルの形に寄せて、ビニールのキッチュなクロスを掛けて――。

そう。新生マックラ食堂のコンセプトは『滋味』。さらに踏み込んで云うならば、『懐かしい学校給食の味って感じ』に決めた。

残念ながらマックラ食堂の料理は美味しくないと従業員の民にまで批判されたくらいだから、メニューも一新することにした。これに関しては真司が口を利いてくれて、あの地下のバーで美味しい昼食を作ってくれた小倉さんに料理人として来てもらうことになった。

小倉さんのバーは、乃亜がお昼を御馳走になったあの日にはすでに、廃業を決めていたという。パンデミックが、小倉さんから平穏な日常を奪ったのである。——では、乃亜の日常を奪った元凶は、何なのか。

(それは置いといて)

新しいコンセプトにそって、食器も新しくした。学校給食をイメージして、わざわざアルマイトの皿や鉢やトレイをそろえた。先割れスプーンまで買い込んだのだから、芸が細かい。滋味をテーマに、小倉さんがレシピを考案してくれた。

「妹が小学校の教員をしているんですが」

先割れスプーンを磨きながら、小倉さんがぶつぶつ云う。

「採用になる前に健康診断で貧血と云われて」

「まあ」

「問診の医者が云うには、小学校の給食を食べるようになったら治る、と」

「まあ」

乃亜はにっこりした。小倉さんは古巣の地下のバーが似合うニヒルな風貌だけど、『懐かしい学校給食の味って感じ』の料理が得意だった。アルマイトのお皿にのったかぼちゃのあんかけやさわらのたつた揚げは、本当に美味しそうである。夏野菜のカレーは天下一品である。そして、乃亜がくるくると妖精のように飛び回って完成させた店の内装は、ノスタルジックで可愛らしく、誠実で廉価そうな雰囲気が出ている。華美なところも際立つところもないが、つい長居をしたくなるし、ふと訪ねて行きたくなる、そんな空間に仕上がった。

しかし、お客は来なかった。

前評判などはまるでないし、宣伝力はもっとない。パンデミックは飲食店から人々を遠ざける。こうして、ユキオの店も立ち行かなくなったのだろう。そう思うと、怖くて背筋がゾクリとした。

そんな中でもくじけずにいられたのは、数少ない来店者の殆どが力を込めて褒めてくれたからだ。乃亜は天下御免の世間知らずだから、お世辞でも何でも信じてしまう傾向がある。しかも、この人たちの態度には気持ちを奮い立たせるような真実味があった。

美味しい。お店の雰囲気が可愛くて、懐かしい。

彼らは新生マックラ食堂の常連になってくれた。乃亜は生まれて初めて、生《い》き甲斐《がい》と責任を実感した。それは心地よい戦慄をともなった。これこそ天職とまで思った。

それでも閑《ひま》なのである。仕入れた食材が無駄になるのが、心苦しかった。

ランチタイムが過ぎてお客が一人も居ない中、頬杖《ほおづえ》をつく乃亜に珍しく小倉さんが話しかけてくる。

「テイクアウトとかは」

料理人として腕はいいのに、小倉さんは経営は不得手らしい。それでも、パンデミック下の業界の不況を見聞して精一杯ひねり出したアイディアだった。態度は気だるそうだが、目の光が真剣である。

「それは、名案ですね！」

乃亜は弾《はじ》かれたように顔を上げた。こちらは明るくて愛嬌があるが、万事につけ素人である。素人ゆえ新しいことには、希望だけが満ちている。パンデミックになってからあちこちで耳にするようになったテイクアウトを、とうとう自分たちも導入することになるなんてステキ——くらいの気持ちでいる。それが苦肉の策だという嘆きは、少しもなかった。

「食器や水筒を持って来てもらったら、斬新ですよね」

斬新とは云えないだろうが店のスタイルに合っていると、小倉さんも賛成した。

いざテイクアウトを始めたら、お客には評判が良かった。ただし、その顔ぶれはこれまでも店に来てくれている常連だけだった。店に食べに来てくれていた人がお弁当を買ってくれるというだけで、店の中は却って寂しくなった。たまに新しいお客が来ても、彼らは不思議なほど冷笑的だった。乃亜渾身《こんしん》の内装を撮影してSNSに投稿し、古臭いとか幼稚だなどと評論家めいた態度で批判している。見つけたときは、さすがに気が滅入った。

「きっと閑なんですよ」

パンデミック下で街は機能を停止し、職場でさえも閉ざされてしまった。急に増えた「おうち時間」を全ての人が建設的に過ごせるわけがなく、世界中のどこにも逃げ場がないという閉塞感や恐怖を紛らわすために、新装開店の飲食店なんかをやっつけるのはある程度の対処療法になるのだろう。そんな意味のことを小倉さんは云った。

「そんな」

「支持率百パーセントなんてことは、独裁者でもない限り無理です」

「そうか、独裁者はいやですね」

SNSでは、好意的な人も居た。常連のだれかなのであろうと、乃亜は心の中で手を合わせた。お金のやり取り、物のやり取りの先にある、形にならないぬくもりを確かに感じた。このぬくもりのために人間は働くのだと思った。——働き始めてまだ一ヵ月にも満たなかったが。

それにしてもお客が少ない。だから、無駄になる食材は予想を超えて多かった。父の信金から受けた融資のおかげで、すぐに路頭に迷うという心配はない。しかし、このままだと遠からず破綻に至るのは見えていた。

「おとうさんに頼んでみるとか？」

小倉さんが、あっさりと云った。凡そ小倉さんらしくない発言に思えて、乃亜はショックを受けた。両親はどう思っているかは知らないけど、自分は一人の大人として独立するために店を始めたのだと、細い声で力説してみる。小倉さんは、褒めもしないし否定もしなかった。

「親に頼るのは、おれが店長の立場でもイヤだけど。でも、このままじゃ潰れますよ」

潰れる。無理にも考えまいとしてきた言葉を聞いて、乃亜はたじろいだ。

「目的のためには、手段なんて選べないでしょ。手段があるだけ、店長は恵まれている。羨ましいよ」

「そう、でしょうか？」

「その手段だって、別に悪いことをするわけでもないし。親御さんは、店長が頼ると喜ぶんでしょ？」

「それが、イヤなんです」

乃亜の声が高くなった。小倉さんは目だけ動かしてこちらを見た。

「じゃ、潰れるのを待つしかないね。自分の店なんだから、自由にしていいんだ。店長はこの店が潰れたからって、餓死するほど困るわけじゃないし」

「…………」

乃亜は、ショックを受けた。地球上のどこかには確実に居る——大勢居る餓死するほど追い詰められた人のことを思った。そして、目の前の小倉さんを見た。乃亜が失敗したら、小倉さんはきっと困るだろう。こんなに美味しい料理を作れる人が少しの間に二回も仕事を失くすなんて、絶対に間違っている。そもそも、融資の相談をした時点で、乃亜は親に頼っているではないか。

（うう……うう……うう）

乃亜はそれでも悩みに悩み（ほんの数分のことだったが）スマートフォンを持ち上

げた。それでも躊躇ってニュースサイトなんか見たりして、そばに居た小倉さんはイライラしたかもしれない。

ニュースに取り上げられているのは、飲食店の苦境だった。

いかにも、自分は恵まれている。力を尽くさないで廃業させたら、それは怠慢ではないか。「えいッ!」と、父の携帯番号をタップした。

——おお、乃亜か? どうした? 何かあったのか?

父の声は電話をもらった嬉《うれ》しさと、娘への心配で変に興奮している。両親がまだ店に顔を出していなかったことに、いまさら気付いた。そんなことにも気付かないなんて、ずいぶんと心の余裕を失くしていたのだなあと思った。

一方の両親は、乃亜の許可なく押し掛けたらヘソを曲げられると思っていたらしい。店をやると宣言したときの乃亜にかつて見たことのない迫力を感じ取り、娘のことが腫物に触るときの腫物になったみたいな気がしていた。

そんなわけだから、店に行きたいが行けず、電話を掛けたら機嫌を損ねるかもと、やきもきしていた。父と母はそんな調子で自分を制御し、それに真司に脅されたりなだめられたりして、ひたすらやきもきと乃亜からの連絡を待っていたというのである。

（ああ）

乃亜は感動した。そこまで気を使ってくれる両親の深い愛情を、いまさらながらに実感して、家族とはなんとありがたいものだろうと、ごく単純に感謝した。それで、今突き当たっている苦境について正直に説明したのである。

——おとうさんに、まっかせなさい！

父は哀《かな》しいくらいに喜んで、元気いっぱいに云った。信金本店の理事長室で、スマートフォンを片手に胸を叩いているのが見えた気がした。

店にお客が押し寄せたのは、実にその二時間後である。それは父に頼まれた信金の職員たちだった。そんなカラクリを知っても、店がお客たちで混雑しているのを見て嬉しくないはずはない。店じまいの時間になって、ようやく「これは反則では？」と心配になったりした。

「いいんですよ。おとうさん、喜んでいたんでしょ？」

それは、もう、父の日のプレゼントを開けたときよりも喜んでいた。半ば強制されて（？）来てくれた信金の人たちも、お世辞ではなく褒めてくれた。

「今日は疲れたなあ」

「厨房、大忙しでしたものね」

「いや、いっぱい喋ったから」

「あ」

無口な小倉さんは、乃亜を奮起させるために常になくお説教したり発破をかけてくれた。それで本当に疲労困憊《ひろうこんぱい》したらしい。

「すみません……」

翌日以降、父の信金のコネクションと母の友人知人ネットワークで多くの人たちが動員され、店はパンデミックを忘れたかのように繁盛し出した。彼らは、SNSを含め口コミで良い評判を広めてくれる。また、父の伝手で雑誌やタウン誌に取材に来てもらうなどして、お客は日増しに増えていった。真司なんか毎日やって来るようになった。

義理のお客たちがイヤイヤ通っているかと云うと、そうでもない。アルマイトの食器に合わせて料理もひと昔前の品をそろえたので、年配の人たちは懐かしがり若い人たちは珍しがった。ここに集う全員が学校給食を恋しがっていたかと云えば、そんなことはない。それでも、給食の思い出話に花が咲き、今になってみれば美味しいものだったなどと感慨にふけったりしている。

梅雨が明けた翌日、ランチタイムの忙しさが過ぎたころになって山田民が訪ねて来た。

怖そうな顔をした犬のイラストがプリントされたTシャツに、細身のジーンズ。ハンチングをかぶって黒いマスクをした民は、どこやら女戦士のような雰囲気をまとっていた。自動ドアを通るなり鋭い視線を走らせ、乃亜を見つける。とたん、笑みで目が細くなった。

「あっきれた。本当にやったんだ？」

民は実際以上に乃亜のことを侮っていて、少しもそれを隠す努力をしなかったが、それでいて乃亜の快挙が心底から痛快らしかった。乃亜も照れたように「えへへ」と笑う。自分は凡そ「えへへ」なんて笑い方をしないタイプだと思っているのに、今は「えへへ」と笑いたかったことに気付いた。

「犬は？」

「仕事中は実家にあずけてます」

「そんなところまで、親がかりなんだ？　奥さんって、やっぱり結局は親を頼るんだね」

「目的のためには、手段は選びませんよ」

小倉さんに云われたこのフレーズは、いつの間にか座右の銘になっている。民は

「あっきれた」と繰り返したけど、やはり声が明るい。

「あ、そうそう。もこちゃんの病院代をお返ししなくちゃ」

「いいわよ、別に」

民は頑として受け取らない。しかし、それがやせ我慢であることは、何となく感じ取れた。弱味を見せるのが苦手な人なのだと、乃亜は思った。それとも、乃亜に対してだけそうなのだろうか。何かとユキオから聞いているようだけど、しかしユキオは妻のことをどんな風に話していたのだろう。

ユキオの名前が浮かぶと、乃亜は肝心なことに思い至った。

「民さん、お仕事は？」

こんな時間にうろうろしているのは、まだ仕事に就いていないからに違いない。そう察したのを読み取り、民は拗《す》ねたようにわきを向いた。

「午前中、面接だったの」

「それで、落ちたんですね」

「失礼ね」

民は怖い声を出した後で、「そうだけど」と小さく付け足した。

「また、うちで働きませんか？」

そう云いながら、乃亜は相手がその言葉を待っていたような気がした。

「そもそも、ここは民さんの職場なんだし。そうだ、ここが再開したこと、真っ先に民さんに連絡するべきでしたよね。すみませんでした」

乃亜は、自分が着ている紺色のワンピースと白いエプロンを見せようと、しゃっちょこばった姿勢になる。

「制服も作ったんです。着てみてくださいよ。きっと似合うから」

民はむっつりと乃亜のおなかの辺りを睨《にら》んでいたが、やがて顔を上げた。

「まあ、そこそこ可愛いわね」

こうして、民が仲間に加わった。

9　ひそやかなミステリー

都内の感染状況は悪化していたが、店には両親のコネとは関係のないお客が定着し始めている。父に無理に動員された信金の人たちが、口コミで広げてくれたおかげだった。

「クラスターから感染者が増えるのと、同じ仕組みね」

「民さん、いくら何でもそのたとえは――」

文句を云いかけた乃亜の顔が、パッと明るくなった。友人の修子が来店したのである。すごく背の高い男性と一緒だった。

「乃亜ちゃーん」

乃亜が店を再開させると報告したとき、修子にはユキオが消えたことも白状していた。そんな話を聞かされてすっかり暗くなっていた修子だが、今日は声が明るい。

「連れて来ちゃった」

背高の男性を肘で突っついて、もじもじした。

その人は、小柄ぽっちゃりの修子とは対照的だった。でも二人とも同じくらい照れ臭そうで、まるで結婚式の新郎新婦みたいな雰囲気を醸し出している。婚活パーティで出会った人と付き合い始めたと聞いていたから、この人なのだろう。

「森田《もりた》と云います」

修子たちはそれぞれ別のメニューを頼んでから分け合って食べるという仲の良さである。

もっとも、森田はそんなロマンチックなキャラクターでもなかった。会社員で、年齢は四十五歳。修子よりもちょうど一回り年上だったが、見た感じはもっと離れているように見えた。つまり老けているのだが、修子の目にはそれが難とは映っていないようだった。それどころか、森田のことを自慢したいのと、夫に逃げられた（？）乃亜への気遣いがかみ合わず、どう振る舞ってよいのか混乱している様子である。

帰りがけ、森田はしきりに「また来ていいですか」と云った。

「もちろんですよ。どうして、そんなこと？」

民が尋ねると、店の様子がとても可愛いので、自分のようなおじさんには気が引ける――などと云う。

「そんなことないですよう。お友だちとかも誘って、どんどんいらしてくださいね」民はあけすけに笑い、修子は黙って森田の腕にすがってくねくねした。「わたしが一緒に居るんだから平気よ」とでも云いたいのだが、乃亜の前だから言葉にするのを自粛しているのだ。それが森田に伝わったのかどうかはわからないが、修子の手に自分の手を添えて睦まじげに帰って行った。

「あの人、そうとう苦労してるわね。あれは、所帯疲れだわ」

森田の後ろ姿が遠くなるのを自動ドア越しに眺め、民が今しがたとは打って変わった調子で云った。

「所帯疲れ?」

乃亜はきょとんとする。森田は独身貴族(この言葉は古い気がする)だと聞いたけど? そう云うと、民は何だか意地悪な笑い方をして、それ以上は何も云わなかった。

＊

新生マックラ食堂は軌道に乗った——ように見えている。

小倉さんは相変わらず無口だが、万事につけ頼りがいがある。民は百人力のウェイトレスだ。エアコンが壊れたのは予想外のトラブルだったが、嘆くほどの大事件ではない。

意外なのは、すっかり常連になった真司のことである。大昔から乃亜の婿に立候補してきた真司だが、ここに来てようやく風向きが変わったように見えるのだ。真司は、乃亜ではなく民とばかり話している。民のことばかり見ている。民も、まんざらでもない様子で対応している。つまり、二人がいい雰囲気なのだ。

真司のためには、とても良いことだと思った。でも、心の奥に違和感がある。それがヤキモチというものだとは、乃亜も気付いていた。そして、そんな自分に呆れた。

（わたしは人妻です。わたしは人妻です。わたしは人妻です）

呪文のように三度唱えてみる。なんだか変に気持ちが沈んだから、慌ててほかのことを考えようとしたタイミングで、民が「コロナ、もう立派に第二波だから」と云った。全国の感染者は四万人を超えてしまい、重症に陥って苦しむ人、亡くなってしまう人も増えていた。

「いやいや、冷静になろうよ。知ってる？　そもそも風邪だってコロナウイルスが原因なんだから」

乃亜が「そうなの？」と云うと、民が「そう」と頷いた。真司は「だれも、風邪でそんなにビビんないだろ」と胸を張る。

「パンデミックって云ったってさ、国内の感染者は四万人くらいだろう。世界的には二千万人に届きそうな数で、文字通り桁違いだし。しかも亡くなっているのは、だいたいは高齢者だけだよな、確か。みんなマスコミに煽《あお》られて頭に血がのぼってるけどさ、四万人って数字に踊らされるなんてナンセンスだよ。ただの数字なんだから」

「数字——高齢者だけ——」

民が憮然《ぶぜん》と呟《つぶや》いた。

「じゃあ、こないだ亡くなったうちのおじいちゃんも、ただの数字なんだ？　高齢者だから、死ぬのは問題にならないんだ？」

場が凍った。

「亡くなった人がたった一人だとしても、その人にとっては死なんだよ。もう生き返らないんだよ。コロナさえなかったら死ななくてもいいのに死んじゃうんだよ。揚げ句に数字で片付けられちゃうなんて、あたしは納得できない」

「…………」

みんな、だまってしまう。

「亡くなった人が累計で何人かって、毎日報道されるよね。大事な人を亡くした人は、その数字を聞くたびに思い知らされるわけ。ああ、あの中の一人なんだ、本当に死んじゃったんだって。1という数字の中に、一人分の人生が入ってるんだから。生まれてからコロナに殺されるまでの、万感の紆余曲折がさ」

「……………」

「芸能人が亡くなると、みんなショックを受けるよね。そういうニュース、あたしもすごいショックだし。それって、亡くなった人のことをみんなが知ってるからでしょ。その人の身になって、悲劇を共感できるからでしょ。でもね、他人だろうが庶民だろうが、亡くなるってのは悲劇だよ。その人にとっちゃ、宇宙が壊れるのと同じほどの悲劇なんだよ」

「あ──う──ごめん。そうだよね、ごめん。ごめん。すみませんでした」

真司は顔を引きつらせて謝罪を繰り返し、「取り消します」「失言でした」と唱えながら、慌てた様子でスマートフォンを出した。「仕事の約束があったんだ──」と、いささか嘘っぽい感じにつぶやいて、そそくさと店を出て行く。

「しんちゃんって、ちょっとデリカシーないとこがあって──」

乃亜がきまり悪そうに口を開くと、民は「全く」と低い声で云った。

「おじいさまのこと、本当にごめんなさい」

「今のは、うそ」

民は顔の横で手を振って見せた。

「お客さんの居る前で、あんなこと云われたら、本当に傷つく人が出るから。だから、予防措置として、悲しい目に遭った人たちの代弁をしてみました。いろんな意見があるのは当然だし、社会はいろんな意見のバランスの上に成り立つべきだけど、あたし自身は今云ったようなことを考えてる」

「あ」

乃亜は思わずこうべを垂れた。

「わたしも民さんの考え方に賛成です。今まではぼんやり思うだけだったけど、民さんみたいにきちんとした意見を持っていたいと思いました」

そして、また「ごめんなさい」と云った。口を挟まず聞いていた小倉さんは、やはり何もいわずににこにこしている。二人の反応に決まり悪さを覚えたのか、民は落ち着かない様子で辺りを見回した。「そう、そう」と云って、色艶のない観葉植物の鉢を持ち上げる。

「この多肉、元気なくないですか？」

営業再開のお祝いに近くの花屋からもらった多肉植物である。やけに成長したけどひょろひょろで、どうも元気がない。葉の色が薄くなった気がするし、下の方が枯れてきた。

インテリアの勉強をしたくせに、乃亜は観葉植物の扱いが苦手である。とくに、多肉植物はほかの観葉植物と違って室内に置くだけでは元気に育てることは出来ない――という辺りまでは知っていても、具体的にどうすればいいのかまるで不案内だ。

「このままじゃ見た目も悪いから、とりあえず休憩室に移しましょうか」

水をやってから、休憩室に移動させた。佇立《ちょりつ》するスチール棚に森羅万象を詰め込んだみたいだった休憩室は、片付けが済んで居心地の良い空間になっている。だけど、窓から入る光は、いかにも心もとなかった。

＊

民にギャフンと云わされた真司だが、翌日になると何もなかったように顔を出して長居をする。民が開発中のメニューの試食を頼むと、仔犬《こいぬ》のように喜んだ。その様子を眺めながら、真司は感じが変わってきたなあと乃亜は思った。

「美味《うま》い、とくにこれが美味い」

枝豆とイカのフリットをお代わりして、真司はこの日はじめて乃亜の方を見た。

「ユキオのやつ、どこでどうしてるんだろうな。全く、親の顔が見たいよ」

子どものようにほっぺたを膨らませてフリットを咀嚼《そしやく》する真司を眺めながら、乃亜は突如「ハッ」とした。

（そうよ、親の顔を――）

どうして今まで気付かなかったのか、乃亜は自分に文句を云いたくなった。ユキオの失踪がショック過ぎて――それからの毎日があまりに疾風怒濤《どとう》のありさまで、つい失念してしまったのだ。

ユキオは実家に居るのではないか、ということである。

もちろん、居なくなったときは連絡したのだ。そのときには、ユキオは実家に帰ってなかった。だけど、これだけ時間が経った今なら実家に居るかもしれない。ユキオは友だちが多い方ではないし（乃亜の知る限り友だち付き合いをしている人は、一人も居なかった）乃亜にとっての真司のような面倒見の良い親戚の話も聞いたことがない。そうなると、頼る先はやはり親ではないだろうか。

前に連絡したときは、わざわざ訪ねて行くことまではしなかった。なにせ、心の余裕も時間の余裕もお金の余裕もなかったのである。

（ひょっとしたら――）

あのときも、ユキオは実家に居たのではあるまいか。ユキオは乃亜から隠れたがり、両親がその願いを聞いて乃亜には嘘を云ったのではあるまいか。

（もしもそうだとしたら――）

許せない。でも、許せないのなら、どうすると云うのか。わからない。

（ともかく、今度は電撃訪問するの）

乃亜はキッと顔を上げた。

民が、真司を目で叱る。事情を知る一同の認識として、「本当の店長など居ない方が店は上手《うま》くゆく」し、何があったのか知らないけど妻を置き去りに失踪するなんて男の風上にも風下にも置けないから、「乃亜はあんな無責任野郎のことは忘れた方がいい」という点で一致していた。

乃亜とて、そのことは察している。察した上で、自ら反《かえり》みて縮《なお》くんば千万人と雖《いえど》もわたしは別れません――と思っている。

「ちょっと、出掛けてきます」

着替えるために、そそくさと休憩室に向かった。その後ろでは、民は真司を睨んでから肩を竦めている。真司は額を押さえて「しまった」と嘆いている。

＊

ユキオの実家は、熊谷にある。

乃亜の中で、熊谷は猛暑の街という印象があった。夏の暑い日にはよく、夕方のニュースで猛暑の街ランキングみたいなことが報じられる。幼いころ、それで熊谷の名を覚えた。ユキオに連れられて両親に挨拶に行った日も、やはり暑かった。そして、今日も大変な暑さだ。

住宅地のただ中、片側一車線だけどやけに広い生活道路の角地に、ユキオの実家はある。筋向かいに児童公園があるが、人影はなかった。暑い空気によく馴染む声で、蟬《せみ》が鳴いていた。

ユキオの実家は小さな理髪店である。

でも、店は閉まっていた。赤白青のサインポールも止まっていた。今ではよく見かけるようになってしまった休業の貼り紙が、サッシ戸に貼ってある。店は玄関を兼ねているから、閉じた戸の横にあるインターホンを押した。つながったマイクに向かって「乃亜です」と云うと、息を呑むような気配がかすかに聞こえた。すこしの間があって、義母の「はい」という消え入りそうな声が聞こえた。

端っこが破れた緑色の日よけの下で、乃亜はぼんやり待った。義母は「はい」と云ったっきり「うん」とも「すん」とも云わず、戸も開かなかった。返事をしたのに居留守とは、これいかに。ひょっとして、慌ててユキオを勝手口などから逃がしているのだろうか。

（そんな――）

それじゃあまるで、こちらが悪漢みたいじゃないか。このまま戸が開かなかったら、わたしは一夜干しの魚みたいに旨味《うまみ》が増すのだろうか――などと、暑さのせいで変になりかかったころ、戸の内側にかかった白いカーテンが揺れて義父の顔が見えた。義父は乃亜の方を見ないまま、ぺこぺこと頭を下げてクレセント錠を外す。

義父は戸が開く前から「すみません」「すみません」と繰り返した。どうして謝るのだろう。やはりユキオが来ているのを乃亜に隠していたのか。つい疑惑の目で見つめる先、義父は前に会ったときよりも背が縮んだように見えた。

店のすぐ奥にある居間と、ガラス障子で隔てられた台所を、義母がちょこまかと往復していた。義母も前に会ったときより小さくなっていたし、腰も曲がっているように見えた。二人とも、乃亜とは目を合わせようとせず、義母はともすれば台所に行ってしまおうとする。義父は、「かあさん、こっちに来なさい。少し落ち着きなさい」

と少し怖い声を出したけど、語尾が途切れた。

「雪男のことで来たんですね」

と、義父は乃亜に向かって敬語で云った。乃亜は義両親のおどおどした態度をどう捉えたらいいのかわからなくて、「はあ」と曖昧に頷いた。相手がすごく下手に出るので、つい思春期の子どもみたいに拗ねた態度になってしまう。

「ユキオさん、こちらに来てるんですね」

まるで「ですね」「ですね」で韻をふむみたいな調子で返した。さらに押韻した感じの返事が来たら面白いのに。心の奥底でそんなふざけたことを考えたりしたのだが、義両親は二人で同じリズムで首を横に振った。懐かしい時代劇で善良なお百姓夫婦が「とんでもございません、お代官さま」などと訴える感じに似ていたから、乃亜は自分が悪代官にでもなった気がしてしまった。いや、役どころはパンデミックのせいで仕事が出来ずにいる善良な義両親をいじめる鬼嫁か。

民だったら、こういうときも要領良く話をすすめるだろうなあと思った。でも、民ならぬ乃亜は、自分がひどいヤツに思えてきて、たじろぐばかり。見かねた義両親が、乃亜の訪問の目的を察して謝ったり申し開きしたりした。

「雪男は、こちらにも戻ってないんです。一言の連絡もないんです」

あの親不孝者と義父がつぶやくと、義母が泣くみたいな調子で息を大きく吸った。

「どこに居るかは？」

「わからない……」

義父が苦しそうに云い、義母が「すみません」「すみません」と云った。

情報を求めてやって来たのに、逆に失踪に至るまでのユキオのことを訊かれて、しどろもどろになった。さっき胸に湧いた鬼嫁疑惑がまたぞろ頭をもたげ、自分がユキオを追い出したような気がしてきたのである。

義両親はそれを察したのか、「乃亜さんは悪くない」「うちの馬鹿息子が悪い」と繰り返した。

「息子に続いて、わたしらまでが……。ああ、情けないなあ」

「え？」

義父の云い方に不穏なものを感じて、乃亜は思わず訊き返した。義母が「店を閉めるんですよ」と云うので、乃亜は小さく悲鳴を上げてしまった。

「だってねえ、世の中がこうなると、先がみえないでしょう。こっちも年だから感染したら無事で済まないかもしれないし、ここでクラスターが出たなんてことになったら、ニュースにでかでかと出ちゃうから」

「今まで頑張ってきたのに、そんな終わり方したら悔しいでしょう。人生の花道を、コロナなんかで台無しにしたくないでしょう。だから、こちらから、閉めてやるんです」

義父はまだ敬語である。

「あの——あのあのあの——」

乃亜は衝動に駆られたように財布を取り出すと、義両親の目を見ないようにして両手でそれを差し出した。

「これ、ほんの少しなんですけど、よろしければ使ってください。わたし、ユキオさんの店を再開させて今は余裕が出来てきたんです」

義両親は言葉を失くして互いを見つめ、それから義母が膝をついたままですりすりと近寄って来た。正座した乃亜のシフォンのスカートからはみ出した膝の辺りに財布を載せると、子どもにするように膝をぽてぽてと叩いた。

「大丈夫、大丈夫。店はオンボロだけど、コロナの前はお客さんが多かったの。おとうさん、腕がいいから。だから、お金の心配はしなくていいんです」

「あの、ええと、すみません」

「乃亜さんは、優しい人だなあ。うちの馬鹿息子にはもったいないよ」

義父の声が明るくなったけど、その理由は財布の件より妻に「腕がいい」と云われたからしい。じゃんけんのチョキの形にした手で、お客の散髪をする仕草なんかしている。そして、「馬鹿息子」「馬鹿息子」と繰り返した。繰り返すうちに、顔がまた暗くなった。

*

事件が起きたのは、その夜のことである。

店に泥棒が入ったのだ。レジに入っていた小銭と金庫の中のお金を、根こそぎ盗まれてしまった。盗《と》られたのは現金だけだったから後々の禍根とはならないだろうと思ったものの、少しも慰めにならなかった。

警察官が何人も来て実況見分という運びとなる。店は臨時休業せざるを得なかった。

大家さんは嘆いているのか面白がっているのか、一張羅を着て駆けつけた。乃亜は「実況見分なんて、刑事ドラマの中だけのことと思っていた」などと、変てこなことを云って一同に苦笑される。目の当たりにした実況見分は、巻き尺のようなものでしきりと寸法を測るという退屈なものだった。

「もう一度確認させてください。被害は現金のみなんですね」

「はい――そうだと思います」

「何かほかにも、なくなったものがあるんですか？」

「いえ」

そう答えたら涙が出そうになり、慌ててはなをかむフリをしてごまかした。

「…………」

警察官たちが帰ったあと、乃亜は茫然《ぼうぜん》と周囲を見渡した。

泥棒は本当に要領よくお金だけを持ち出したから、店は荒らされていない。だけど、すごくイヤな気持ちがするのだ。お客にとって居心地の良い店、繰り返し訪れたいと思う店は、乃亜にとっても聖域であった。乃亜たちがせっせと働くこの場所は、食事だけを提供する場所ではないのである。安心とか優しさとか善良さとか、良いものばかりで満たされた空間だったのだ。それが悪党に蹂躙《じゅうりん》された。邪悪な目的で侵入され、お金を持ち去られた。何も壊れていなくても、何もかも滅茶苦茶にされた気がした。盗まれたお金よりも、もっと重大な被害を被ったのだ。

「奥さん、大丈夫？」

民がレモネードを持って来てくれる。

「怒りたいときは、怒った方がいいよ。汚い言葉とか、云っちゃいな」

「怒るっていうか――」

ぽつりぽつりと、胸から溢れる言葉が口からこぼれた。民は乃亜をじっと見つめてから、目を逸らさずに「レイプみたいなものだって云いたいんだな」と男みたいな口調で云った。

乃亜は思わずぎょっとしたけど、つまりはそういうことなんだと思った。

「あたしたちは一蓮托生《いちれんたくしょう》なんだから。奥さんが怒るときは、あたしも怒るし、奥さんの店を汚したヤツは、あたしが許さない」

（ああ、民さん――）

今度こそ、本当に泣いてしまった。民はレモネードを片付けて、ハイボールを作って持って来た。

「だから、奥さんもあたしを苦しめるヤツが居たら、一緒にやっつけてね」

「もちろんよ。もちろんだわ」

飲む前から酔っぱらったような気分になり、結局その日は遅くまでかかってボトルを空けてしまった。

＊

泥棒の被害は、思わぬ形で拡大した。折しも、休業中の飲食店での空き巣事件が多発していた。乃亜たちの店は休業中ではなかったが、事件は同じ良からぬサイクルの中で起こったことと解釈され、ニュースにまで取り上げられた。

飲食店の悲報ということで、クラスター発生と似た印象を持たれたのだろうか。泥棒騒ぎの後でお客が激減した。泥棒のせいではなく、新型コロナの感染者が増えだしたためかもしれないのだが。

「奥さんが店長の実家に行ってから、ミソが付きどおしじゃない？」

民がにやにやした。事件直後は感動的なことを云ってくれたのに、すぐに憎まれ口をたたくのだ。

「あの店長ってさ、ほんと疫病神みたいな男だよね」

民の云い方には反撥を覚えたけど、それで怒りたくなるのではなく、何とも悲しい気持ちになった。自分もユキオのことを疫病神だと認めているから悲しいのだろうか。乃亜は検索でもするように、自分の気持ちを探ってみた。心をスキャンするなど、ゾッとしない作業だけど。

そうして、ふと窓の方を見たときである。

植え込みの陰に半身を隠すようにして、実に怪しい男が店の中を覗いていた。やつれた顔に無精ひげを伸ばし、無頓着な髪型、春物のシャツの袖をまくって着ている。そのシャツのボタンを掛け違って、左足にはサンダルを右足にはゴム長靴を履いて、何より樹木に溶け込むような格好でこちらを覗く様子は、不審な上にも不審である。

そんな風に尋常ではない様子の人物は——ユキオだった。

別人のように疲れて汚れてみすぼらしい風采だったけど、見間違えるはずはない。目鼻立ち、表情のくせ、背丈、動作、なにもかもが、何度生まれ変わったって乃亜には見分ける自信があった。

窓と通路とテーブル二つ分の距離を隔てて、目が合った。ユキオであると、乃亜が気付いたことを、ユキオは気付いた。

ユキオさん！

とは云わなかった。声を出す間も惜しんで、外に飛び出す。

しかし、相手は待ってくれなかった。乃亜が自分に気付いたと見てとったユキオは、脱兎《だっと》のごとく逃げ出した。実際のところ捕食者から逃げる野生動物のように、ちょこまかと素早い反応だった。

乃亜が通りに出たときは、ユキオはもうずいぶんと先を駆けていた。現実の生活において、れっきとした大人が（ユキオは、あまりれっきとした風采ではなかったけど）、血相を変えて走る――などというのは、異常事態である。パンデミックのせいで出歩く人が減っていたとは云え、逃げるユキオは大いに目立った。追いかける乃亜は、やはり血相を変えていたから、こちらも相当に目立ったはずだ。

しかし、追いつかなかった。ユキオが、中学時代には卓球部で高校時代は水球部だと云っていたのを思い出す。一方の乃亜はスポーツと名のつくものは、真面目に取り組んだことがない。それでも跳び箱ばかりはやけに上手だったが、夏の街中で運動神経の良い夫を追いかけるのにはあまり役に立たなかった。一階に花屋が入ったひょろ長いビルの建つ交差点を曲がったとき、ユキオの姿は完全に消えていた。

すごすごと引き返し、ちょうど来店するタイミングの真司と鉢合せした。走ったせいで息が上がり、シニョンにした髪の毛も乱れている。真司は驚いた様子だったが、乃亜は無言だった。ユキオが現れて店を覗いていた。追いかけたけど、逃げられた。――などと説明するのは、果てしなく億劫《おっくう》だし、真司の反応を想像しただけで気が滅入る。

自動ドアを通ると、民が「真司さん、いらっしゃい」と元気な挨拶を寄越した。それで、真司はご機嫌になって乃亜を心配することを忘れた。乃亜は安堵《あんど》しつつ、ほんのりと寂しい気持ちにもなる。

そんな微妙な心の揺らぎは、民に告げられた現実的な話でふっ飛んだ。

「奥さん、こないだの泥棒のせいで、現金が足りないんだけど。今月の支払いは大丈夫なの？」

「え？　そうなの？　どうしましょう」

「お金のことなら心配すんな。伯父さんに云えば、どうにでもなるんだから」

「どうにでもなるってことはないでしょう？　信金から融資を受けるにはそれなりの
――」

云いかけた乃亜を、真司は笑顔で遮った。

「心配ご無用。この店に注《つ》ぎ込《こ》んでいるのは、伯父さんのお金だから」

「え？」

乃亜は、きょとんとした。民は探るような目で乃亜を見て、それから真司に視線を移す。

「だからね、乃亜に渡したのは信金から融資したお金じゃなくて、伯父さんのポケットマネーなの。え？　知らなかったの？　だって乃亜は書類一枚書いてないでしよ？」

「え……」

血の気が引いて行く。同時に、その血が沸騰する。

ビジネスだと思っていたのに……。一人前に働き始めたと思っていたのに……。乃亜はショックのあまり、よろよろと椅子に腰かけた。また親に甘やかされていただけだったのだ。——などと言葉にするのは、あまりにも自虐的だった。泣きそうになったけど、真司の前で泣くのは癪《しゃく》だし、民の前で泣くのはあまりにも情けなかった。

「………」

乃亜から見えない頭上で、民が真司を睨む。真司は慌て出す。踏んでしまった地雷を探すみたいに、小さく足踏みをした。

その日、店の中ではお金のことは自動的に禁句になった。

閉店後にもこちゃんを迎えに実家に行ったとき、乃亜は生まれて初めて親に対して不貞腐《ふてくさ》れた態度を取ってしまった。でも、騙《だま》されたことへの恨み言は口にしなかった。どんなに怒ってみたところで、「まあ、まあ、乃亜ちゃん」などと笑われるのがわかっていた。まるで、もこちゃんがトイレじゃない場所で粗相をしても、「駄目ですよ」と優しく云われて笑われるようなものだ。

（ていうか、そもそも）

父が用意してくれたお金のおかげで、乃亜はこうして仕事が続けられるのである。

「てことなのよね」

もこちゃんのリードを引いて夜道を歩きながら、そう云った。もこちゃんは立ち止まり、大きな目でこちらを振り返ってから、見事に茂った道端の雑草に向かっておしっこをした。

＊

心の隅っこで、帰宅したらユキオが帰っているような気がしていた。玄関に灯《あか》りが点いていて、リビングの自分の場所にユキオが居て、きまり悪そうにこちらを見て、今日のこととかそもそも失踪したわけとか、鬱陶しいくらい謝り出す。そうしたら、乃亜はどんな顔をしたらいいのだろう。笑顔で「もういいから」と云って許す？　それこそ、粗相をしたもこちゃんを許すみたいに？　それとも怒るだろうか？　両親の前でそうしたみたいに、拗ねてみようか？

実際のところ、そんなことを悩む必要なんかなかった。玄関灯は点いていなかったし、ユキオはどこにも居なかった。でも、嘆くことはない。この世で起こることは、起こりそうなことだけなのだから。

乃亜はもこちゃんと数通の郵便物とともに、リビングに向かった。郵便物は請求書が二通と、クリーニング屋のセールのお知らせと、ユキオ宛の同窓会名簿の購入を尋ねる往復はがきだった。いや、一番下にいかにも私信といった封書がある。封筒はスヌーピー柄だった。

乃亜さま——と宛名が記してあった。ユキオの筆跡だ。

住所は書いていない。苗字《みょうじ》すら書いていないのだ。つまり、ここまで来て郵便受けに入れて行った——のである。やっぱり来たんだと思う反面で、どうして乃亜の帰宅を待ってくれなかったのかと不満が湧いた。いや、そもそもここはユキオの家なのだから、また失踪の続きをする必要などないではないか。

でも。

希望も不満も疑問も、封筒の中身を見た途端に一瞬で消えた。中に入っていたのは、離婚届だった。それは乃亜たちの結婚に関するものであり、ユキオの分はすでに記入されていた。封筒の宛名と同じ、ユキオの筆跡だ。

そうと認めた瞬間、乃亜の心は自動的にシャットダウンした。

10　修子のヤキモチ

泥棒騒ぎで遠のいた客足が、ゆっくりと戻りつつあった。ツンデレの民と無愛想な小倉さんは、ほどよい距離感を維持しつつ乃亜に気を使ってくれた。民と小倉さんは互いに会話は多くないけど、とても良いコンビだった。まるで何十年も連れそった夫婦みたいに息がぴったり合っている。二人のチームワークの良い働きぶりを見ていると、乃亜は自分の中の雑念まで消えていることに時折ふと気付くのである。

ユキオが離婚届を置いて行った件は、胸に秘めておくにはあまりに重大事だったため、届いた三日後に民にだけ話した。意見を訊くと、民は「うーん」と云った。そのときにお客が来たので、話は有耶無耶《うやむや》になった。

別の折に再度尋ねると、「そうねえ」と呟いた後すぐに「それよりさあ」と話を逸らされた。三度目に「民さんは、どう思う?」と改めて訊いた。民は「なんと云うか……」と呟いて、話は尻切れに終わった。とかく白黒つけたがる民だが、この件は煮え切らない。

（離婚届よ、離婚届。離婚届だもの）

いかにはっきりした性格の持ち主でも、他人の夫婦仲に決定的な裁断を下す返事などを軽々しくできるはずもない。そう思い直してから、重いため息が出た。そんなときに真司がやって来て、自動ドアが閉まる前から民に向かって話しかけている。乃亜ファーストを標榜《ひょうぼう》してきた真司に変化が起きていることに、実は真司自身は気付いていないようなのだ。身勝手だと承知の上で、乃亜は真司にまで見捨てられたような気持ちになる。

そんな風に、胸の奥底のぼんやりとした憂鬱を持て余していたときのこと、スマートフォンがメールの着信を告げた。送り主は修子で、会えないかと訊いている。何往復かのやり取りの後、帰宅後に乃亜の家で会うことにした。以前ならば外で待ち合わせして食事にでも行ったのだろうが、今は実家でもこちゃんが待っているし、パンデミックの巷では行った先が店を閉めていたりもする。

もこちゃんを迎えに行ってから帰宅すると、修子はすでに門の前で待っていた。その姿を見たとたん、乃亜の記憶は六年前まで一っ飛びした。ユキオとの結婚を家族に反対されて嘆いていたとき、乃亜の習い事が終わる時間に、修子はやはりこんな感じで待っていてくれたのだ。無償の友情だと、しみじみ思った。自分たちは、相手のために骨折りを惜しまない親友どうしなのだと。

修子は両手に膨らんだ買い物袋を持ち、塀にもたれて街灯を見上げている。その姿が、ひどく暗かった。まるで宇宙空間に放り出された一匹の小さなコガネムシみたいに見えた。

今度は、わたしが修子ちゃんを助ける番だ。そう決めて、二人で玄関を開ける。

（……あれ？）

ドアを閉めた瞬間、何か違和感があった。別の人間の気配がする――ような気がした。

ユキオが帰って来た？

修子には申し訳ないけど、その瞬間に友情の誓いのことを失念した。思わず靴を脱ぎ捨てて駆け上がり、呆気《あっけ》にとられる修子ともこちゃんを後目《しりめ》に家中を探した。でも、ユキオは居なかった。そう認めてようやく我に返る。

「ごめんね」

と云っただけで、修子は万事を了解したように頷いた。結婚を目指して森田と付き合い始めた修子に対して話すことではないと思い、離婚届の件は話していない。乃亜が話さなければ、修子は決して訊かなかった。いちいち話さずとも、何かが起こり続けるのが人生だ。

でも、ことさらに話したいときもある。今日の修子のように。

「森田さんが、浮気してた」

修子がそんなことを云うものだから、家の中の違和感のことなど忘れて唖然としてしまった。

あの森田という人物が、浮気をするとはとても考えられない――と感じた。真面目そうだし、修子のことをとても大切にしているように見えた。修子と居るのが幸せでたまらない――そんな気持ちが、全身から光線になって発散しているような感じだったのに。

いつ？　どこで？　だれと？

思わず両手で修子の膝を摑んで、万感の疑問を込めて揺さぶった。乃亜の強い視線を受け止め、修子は一歩も引かない悲嘆を込めて云った。

「十六年前」

「え？」

「だから、十六年前」

出会ったのがつい最近なのに、どうして十六年前のことが問題になるのだろう？

乃亜が首を傾《かし》げると、修子はふくれっ面になった。そして、説明することには――。

森田には奥さんが居た。いや、妻帯者なのに婚活をしていた――のではない。奥さんとは、五年前に死別しているのだ。つまり、再婚のために婚活していた。

それに何の問題があるのか、乃亜はよくわからなかった。口には出さなかったけど、顔にはしっかり書かれていたようで、修子は怒った顔になる。

「わたし、知らなかった」

「再婚だってことを？」

「十四歳になる息子も居るのよ。あの人は、それを隠していたの。いや、隠していたというか――」

そういうことを、一切話さなかった。

出会って、好きになって、付き合って、さあ結婚しようというときに「実は、再婚なのです。息子も居るのです」なんて云われたことを、修子は憤っているのだ。

「でも――」

男でも女でも、四十五歳になれば人生には紆余曲折もあったはずだ。妻と死別したことも、シングルファーザーなのも、森田の罪ではない。いや、それは全く罪ではない。男手一つで息子を育ててきたことは、大いに称賛されるべきだ。妻との別れはどれだけ時間が経ったとしても、同情してあまりある悲劇ではないか。それを怒るのはどうかしている――と思ったけど、ともかく「どうかしている」とは云わずにおいた。

「そんなの、わかってるの」

修子はいらいらと遮る。

「それをハンデだと思ってたのは、森田さんの方だもの。だから、引き返せないようなタイミングを待って、『実は』なんて云いだしたのよ。その姑息《こそく》さが、許せないの」

「でも、修子ちゃん。森田さんが浮気してたって怒ってたじゃない？」

乃亜はおずおずと指摘した。

「やっぱり、修子ちゃんはそこを怒ってるんだと思うよ？　森田さんが、自分だけのものじゃないのが、ショックなんだよ。もちろん、ショックを受けて当然だよ」

「そう、思う？」

「思う、思う。でも、修子ちゃんが怒ってしまうのは、それだけ森田さんのことが好きだって証拠だと思うの」

「そう、かな？」

その夜は、修子が泊まった。修子がお土産に持って来たワインとお惣菜《そうざい》を広げ、未婚だったころみたいに、好きなだけ飲んで食べた。とても楽しくて、悩みの一切合切は一時的にどこかに行ってしまったように思えた。修子は森田の悪口とノロケ話を交互に延々と語っている。でも、乃亜はアルコールのせいでただただ上機嫌で、話の半分も聞いていなかった。口が勝手に動いて「わかるー」とか「やだー」とか云っている。

いつの間に眠ってしまったのか、気が付いたら辺りは暗かった。修子が毛布を掛けてくれていて、それが暑くて寝汗をかいた。修子の方は乃亜のパジャマに着替えて乃亜のベッドで眠っている。優しくもあり、図々《ずうずう》しくもあり。でも朝食を作ってくれたから、やっぱり持つべきものは友だちだと思った。

互いに無意識にシンクロしたみたいな動作で目玉焼きを食べながら、修子は決然と云った。顔色が深刻で、声が低かった。視線は目玉焼きの黄身を睨んでいた。

「やっぱり、別れようと思うの」

「えええ？」

昨夜はすっかり機嫌を直した様子だったので、乃亜はひどく驚いた。

「そんなに急いで結論を出すのは、よくないんじゃない？」

「急いでない。森田さんに打ち明けられたのが一昨日で、二日も悩んだもの」

「充分、急いでると思う……」

乃亜はぶつぶつ云った。ぶつぶつ云おうが頭ごなしに反論しようが、同じことだ。修子は人一倍に頑固なのである。それは、乃亜も同じだからわかるのだ。

その日の昼過ぎに、修子から連絡があった。SMSに「今、別れた」とだけ書いてあった。

*

森田が店に来たのは、翌日のことである。開店より前に店の前で待っていて、中に通すなり乃亜に泣きついてくる。乃亜が修子の唯一無二の親友だから、助けを求めて来たと云った。それで、用件を察した。用心棒と警備員を自認している民と小倉さんが乃亜の前に立ちはだかったので、この二人にも修子たちの危機について説明した。すっかり話した後で、「話してよかったですか?」とおっかなびっくり森田に訊いた。

「それは、もう、ええ、もちろん――」

森田はまだ取り乱していたが、懸命に頷いた。ここに来たのは、修子に別れを告げられたからだ。森田の方は別れたくないのである。加勢してもらえるなら、味方は多い方がよかった。

「で、森田さん、今日のお仕事は」

「休みました。もう、それどころじゃないですから」

真剣な口調に、乃亜は感動する。この人が本気で修子のことを想《おも》っているのが、真っすぐに伝わってきた。なるほど、ここは自分の出番だと思った。でも、事情を理解した民の方が、よっぽど積極的である。

「最後に会ったとき、彼女はどんな感じだったの？」

「結婚の話になったんです。つまり、プロポーズしたんです」

夜景の見えるレストランで——というのは照れるから、博物館の屋上庭園で話した。晴れていたし、虹がかかっていたし、夜景の見えるレストランよりも良い雰囲気だったと思う。再婚であること、息子が居ることが、問題になるとは思っていなかった。だから、プロポーズのついでに打ち明けた。

「それなのに——」

と、森田は乙女みたいに両手で頬を覆う。

修子は無言で立ち上がり、その場から去ってしまったのである。そして、二日後に別れを告げられたのだ。

「ぶっちゃけ――」

民が頭を掻く。

「だれも、自分が童貞でけがれも知らないおじさんだなんて期待してないと思ったのよね。そりゃ、そうよ」

「修子ちゃんだって、それはわかってると思うけど。思うけど――」

いざ結婚という話になって、真っ先に自分とは別の女性の存在を考えざるを得なかったのはショックだった。箱入り娘仲間として、そこは何となくわかるのだ。

「再婚だってのは重要な情報だと思うの。だから、もっと前に話してほしかったんです」

先妻の「先」は先輩の「先」と同じだから、なんだか偉い感じがするし。

「それについては、わからないでもない」

民が腕組みをして考え込む。

「修子さんがヘソを曲げてから、よく話し合ったの?」

「それが――少しも――」

「駄目じゃん。話し合わなきゃ、はじまらないでしょ」

「わたしも、そうしたいんですけど。もう会わないって云うんです」

それを聞いて、民は目を細めて乃亜を見た。乃亜と修子はキャラが似ているから、修子の頑固さが何となくわかる——と云いたげな視線である。

「だったら、偶然を装ってみたらどうかしら？」

「偶然？」

「偶然に出会うんです、ばったりと。……というのを、装うんです」

「どこで会うのよ？　まさか追い回して、先回りして？　そんなの高等技術じゃない？」

「ここが良くないですか？　おれたちもフォローもできるし」

黙って聞いていた小倉さんが、ぼそりと云った。一同は手を叩いたり、「それそれ！」「名案！」と口々に賛同する。

「修子ちゃんをここに呼んで、そのときに森田さんも来たらいいですね。善は急げと云うから、今日の午後か明日にでも——」

「冷却期間を置いた方がいいと思う。こっちの熱量が高すぎると、ドン引きされるよ」

民が分別げに云うのだが、森田は不安そうな顔をした。

「もしも、そんなことしているうちに修子さんに新しい彼氏が出来たら——？」

「それは、ないと思います。修子ちゃんは、引きずるタイプですから」

「急いで失敗したら元も子もないでしょ？　勝算あるの？　ないんでしょ？　じゃあ、しっかり考える」

店の空き具合、修子のスケジュールと森田の仕事の都合、ついでに乃亜たちの応援態勢を考慮して、決行は来週の木曜日の午後三時と決まった。修子を呼び出すのは自動的に乃亜の役割となる。口実は新メニューの試食である。

当日まで、一同はいそいそと待った。少なくとも、乃亜には時間の経過がやけに遅く感じられた。

木曜の午後三時の五分前に、修子は店を訪れた。ぽっちゃり短軀《たんく》の修子は、長い髪をおろしてエプロンドレスを着ていた。不思議の国のアリスみたいだと、民が褒める。それが本当に似合って可愛かったから、乃亜はもしや計画が修子にバレていて、その上で森田と仲直りする気でおめかししたのかしらと思ったりした。

新作でも何でもないサラダを騙されて食べて、修子は「美味しい」「美味しい」と上機嫌だった。こんなときは民が本当に気配りが利いて、修子が楽しめる話題を次々に持ち出す。おかげで、修子は早く帰るなんて云い出すこともなく気持ちのコンディションも最良な状態でそのときを待つこととなった。

森田は三時十五分に来た。手はずどおりだ。

しかし、である。

(え？　なんで？)

乃亜たちに緊張が奔《はし》り、修子は愕然とする。

それは、単に森田が登場したからではなかった。あろうことか、森田は女性同伴だった。しかも、若くて端正な感じの人だった。しかも、一分の隙もなく装っていた。しかも、しかも、二人は恋人然と寄り添っていた。

乃亜たちが唖然とする中、森田と新彼女は修子を無視するでもなく軽い目礼をしてから、奥のテーブルに着いた。腰を下ろしたとたん、いよいよ親しげな態度になる。それはもはや、いちゃいちゃいちゃ、いちゃしていると云うべき域に達していた。

乃亜たちは、わけがわからなくて、互いに顔を見合わせることしか出来なかった。でも、修子がつと席を立って店を出たので、慌てて追いかけた。ユキオのときとは違って、二軒先の路上で追いついた。

「別れる。もう、絶対に別れる。ていうか、もう別れました」

冷ややかな声で、早口に云った。取りつくしまもないとは、こんな態度を云うのだろう。状況から考えても、森田のために云えることはないような気がしてしまう。

乃亜が口ごもるのを見ていた修子は、こちらが目を合わせるのを待っていたように
いよいよ冷たい声になった。

「乃亜ちゃんは、店長さんなんだから。お店があるんだから、もう帰って」

云うなり、目にも止まらぬ早業でタクシーに乗り込み、視界から消えてしまった。

乃亜は消失マジックでも目《ま》の当たりにしたように立ち尽くし、それからとぼとぼと店に引き返した。

(それにしたって、森田さんって何のつもりなの？　修子ちゃんに新しい彼氏が出来たら――なんて心配してたくせに)

さすがに腹が立った。おなじくらい、わけがわからなかった。

店ではほかにお客も居なかったので、民は遠慮なく呆れ顔をしていた。森田は椅子から立ち上がって、おろおろしている。新彼女は不貞腐れた様子で頬杖をついていた。民が目で訊いてくるから、修子はタクシーで立ち去ったと短く説明した。それにしても、森田たちの様子が可怪しいと思う。その理由は、民が説明してくれた。

「奥さん、聞いてよ。この人たち、芝居をしてたんだって」

芝居とは？　意味がわからない。そう云うと、民は「だよねー」と低い声を出し

た。

「この彼女さんはニセモノで、修子さんにヤキモチを焼かせて、気持ちを引き寄せようと思ったんだって。そりゃ、あたしも確かに『考えろ』とは云ったけど。でも、こんな笑えないコントみたいなこと、考えるか、普通」

新彼女ではなくニセ彼女は、顔をしかめて「コントって……」と呟いた。せっかく協力してやったのに、非難の目ばかり向けられて頭にきているらしい。「わたし、帰ります」森田の方は見ずに怒った声で云うと、すたすたと出口に向かった。この人は、森田の部下だという。

「森田さん、それはマズイでしょう。下手したらセクハラってことになるでしょう」

「下手をしなくても、セクハラだと思うんですけど」

乃亜がはっきり云うと、森田はうなだれた。

「恋愛なんてしたの、もう十何年も前だから——。どうしていいのか、わからなくて——」

言葉の途中で、民が「ばか！」と怖い声をだした。

「十何年前じゃなくて、今しているでしょ、恋愛を！」

森田は民の指摘に、愕然と目を見開く。そして、しょげた。

「そうでした——。すみません——」

乃亜たちは呆れたけど、森田の落胆ぶりを見ていると気の毒になってくる。

「あの——。修子ちゃん、すごく怒ってました」

「奥さん、もっと云ってやれ。傷に塩をすり込んじゃえ」

民が悪魔みたいなことを云い出し、乃亜は「そうじゃないの」とかぶりを振った。

「怒ってたってことは、気持ちがまだ森田さんに向いてるってことだと思うんです」

「え」

森田の顔が上がった。心なしか肌艶が良くなった気がする。その顔を見ていたら、腹の底にどす黒いものが湧いてきた。そんな簡単に喜ばないでよと思った。ユキオにも、優しい言葉の一つもかけたら、こんな感じで顔を輝かせるのだろうか。冗談じゃないわ！　そう思った瞬間、どす黒いものは一気に膨張して全身を満たした。それで、すごく怖い声が出た。

「そういう修子ちゃんの気持ちを踏みにじったの、森田さんですから。わたしたち、応援してたんですよ。だから、協力したんですよ。でも、もう助けてなんかあげません」

あまり怒るタイプではない乃亜にぴしゃりと云われて、森田は大変にショックを受けた。一瞬だけ取り戻した明るさは、土気色にもどった肌に吸い込まれて消える。そして、一気に老けてしまった。足をもつれさせんばかりの、頼りない様子で帰って行く。

閉まった自動ドア越しにしょぼくれた後ろ姿を見送りながら、民が意地悪くにやりとした。

「あんなに云ったら、ヤバくない？」

「え――。民さんだって、ばかと云ったのに」

ついムキになったところで、お客が来る。騒動は、それきり意識の隅に押しやられた。

11　ケンダマ社長

　ケンダマさんが来たとき、店は混んでいた。順番待ちまで発生したのはマックラ食堂再開後初めてのことだが、あるいは店の歴史の中で一番の盛況だったかもしれない。厨房を一人で切り盛りする小倉さんは大活躍で、乃亜も民もてんてこまいだった。お客たちは、幸せそうに食事と店の雰囲気を楽しんでいた。

　そこにケンダマさんが現れた。

　ケンダマさんはホームレスだから、あまり清潔そうな身なりはしていない。それで、店の空気がざわついた。そのことが気に入らなかったのか、ケンダマさんは場違いな大声をあげる。

「こんなに混んでたら、あれだろう、3密だろう。おまえら、コロナになるぞ」

　お客の中には怒り出す人や、席を立つ人が出てくる。乃亜は慌てて駆け寄ると自動ドアの方に誘導しようとしたが、ケンダマさんは足を踏ん張って動こうとしない。酒の臭いがした。「ケンダマさん、病気は良くなりましたか？」

出来る限りの優しさで、そう尋ねた。しかし、ケンダマさんは不必要な大音声《だいおんじょう》で、喚《わめ》き出す。

「あれは、間違いだったよ。間違い、間違い、大間違い。病気なんかじゃなかったから、犬を返せ」

「え？」

「犬をお返しくださいと申し上げてんだよ、お嬢さんよ。さっさと返せ、この犬泥棒！」

ケンダマさんは、なぜか怒っていた。乃亜は、カチンときた。

「すみませんが、お断りします。もこちゃんは、もううちの子です」

「なんだと、メロウ！　あれは、元々おれの犬だ」

メロウとは女性を罵って云う「女郎」のことだったらしいが、そのときは何のことやらわからなかった。わからないものの、感じの悪さは充分に伝わった。

「こう云っては失礼ですけど、お預かりしたときのもこちゃんは、ダニのせいで貧血寸前だったんですよ！　全てのペットは、健康で文化的な最低限度の生活を営む権利を有するんですから！」

「なんだと、この犬泥棒め！　犬泥棒ったら、犬泥棒」

ケンダマさんは、興奮のあまり変なゴネ方をする。しかし、乃亜は一歩も引かなかった。母（飼い主だけど）は強しである。

テーブルを埋めるお客たちは、パンデミックのご時世だというのに、大声の応酬を興味津々《しんしん》で見守った。乃亜もタイトルマッチのリングに立っているような気分になる。

「犬泥棒はそっちじゃないんですか？　わたしはケンダマさんからもこちゃんを託されたけど、ケンダマさんはどこから連れて来たんです？」

「頭の悪い女だな。おれは迷子の犬を保護したんだよ」

「まあ、本当かしら？」

「ぐぐ」

非常識な登場の仕方をしたわりに、ケンダマさんの方が圧倒されていた。それで苦し紛れに、けん玉を振りかざして渾身の大音声を上げる。

「おれは、ホキボシ商事の社長だぞ！」

そんな騒動の背後で、小さく舌打ちをした者がある。民である。まるでタフガイか横綱のような態度で戦いの中に割り込むと、ケンダマさんに向かってスマートフォンを翳《かざ》した。

「大きな声を出さないでください。これ以上変なこと云って営業妨害するなら、警察を呼びますから」

民は、わざとらしいくらい冷ややかに云った。それは、熱くなっている相手に自己嫌悪を催させた。少なくとも、乃亜は自分も営業妨害してる……と恥ずかしくなった。ケンダマさんの方は、やはり我が身の大人げなさに気付いたのか、それとも警察を呼ばれたら困ると思ったのか、あっけなく回れ右して出口へと向かう。

乃亜はホッと——しなかった。なぜか、ケンダマさんと云い合っていたときより、強い胸騒ぎを感じる。お客たちも同様だったものか、立ち上がった者は立ち上がったまま、フリーズした者はフリーズしたまま、ケンダマさんのやけにゆっくりとした歩みを目で追った。

そして、一同が共有する不安はすぐに現実となった。

やけに横揺れした感じに歩くケンダマさんは、不意に立ち止まった。つぎの瞬間、まるで生命の糸が切れたかのように、その場に倒れたのである。

乃亜は駆け寄った。ほんの短い間だけど、夢の中で走っているみたいに少しも前に進まない気がして、ひどくもどかしい感じがした。ケンダマさんは動かなかった。死んでいるのか。そう思った次の瞬間、まだけん玉を握り締めている手に視線が行った。死んだのなら、こんなに力を込めて何かを握っているなんて出来ないと思う。

……なんとなく、だけど。

「救急車を」

と云う前に、民が電話をしていた。

乃亜の声が凍り付いた空気を溶かす役割を果たした。お客たちは、めいめい悲鳴をあげたり、急いで会計を済ませて店を出たり、スマートフォンで倒れているケンダマさんを撮影しようとしたり、「この中に看護師さんは居ませんか」などと声を張り上げたりした。救急車というのは、なかなか来ないものなのだなあと乃亜は思った。

*

乃亜はケンダマさんに付き添って救急車に乗り込み、今は救命救急センターの廊下のベンチに茫然と座っている。ケンダマさん登場の騒動から、ずいぶんと時間が経っていた。受付窓口の人に、ケンダマさんのことを訊かれたけど、役に立つようなことは何も答えられなかった。役に立つというのは、ケンダマさんの素性を明らかにするために必要な情報という意味だ。

「では、この方は？」

「お店のお客さまで、親しくしてくださってる方で」

半分くらいは本当である。客として食べに来てくれたことはないけど、おにぎりを御馳走になったことはある。今日は険悪だったけど、もこちゃんを預かったあの日はとても親切にしてくれた。だから、デタラメを云っているという感覚はなかった。そのためか、何度か医師の前に呼ばれて、ケンダマさんの現状を聞かされた。

ケンダマさんは深刻な病気を抱えていた。聞かされた病名は、自分のことだとしたら取り乱す種類のものだった。だから、乃亜は大変なショックを受けた。ケンダマさんの余命が幾ばくも無いというのは、嘘ではなかったのである。

茫然としていたので、延々と待つことが苦ではなかった。それでも、このまま「ケンダマさん」で通すのも、マズイだろう。そう思って、スマートフォンを取り出した。電池の残りが二六パーセントしかなくて驚く。気を取り直して、ケンダマさんが云っていた「ホキボシ商事」を検索してみた。

ホキボシ商事とは、関東地方を中心にホームセンターやドラッグストアの経営をしている会社である。ずっと箱入り主婦だった乃亜は今でも充分に世間知らずだが、ホキボシ商事という名前くらいは聞いたことがある――気がする。

ホームページはすぐに見つかり、会社案内から「社長あいさつ」までたどり着いた。そこに、一張羅を着て気取っているケンダマさんの写真が載っていた。写真のケンダマさんはそれはもう立派な、大社長の貫禄《かんろく》があった。お金持ちの老紳士というよりも、成金《なりきん》のおじいさんという感じがしたのは否定できないけど……。

会社のホームページを閉じて、ほかにヒットした記事を開いてみた。ホキボシ商事の社長が失踪したという記事が並んでいる。

(きっとこんなに立派な社長さんでいるのに、疲れちゃったのね)

乃亜自身ひどく疲れていて、ケンダマさんのそんな転身もさほど驚くべきこととは思わなかった。それでも家族に来てもらわなければ、乃亜もケンダマさんも病院も困るだろう。それで、ホキボシ商事の代表番号に電話をしてみた。

「わたくし、マツクラ食堂という店の店長代理をしております松倉乃亜と申します。実は、このたび――」

用件を云ったら、電話の向こうの女性社員は大いに面食らった。「少々お待ち下さい」と云われた後、数回のたらい回しを経て、最終的には「専務から掛け直します」と告げられた。どうせ、こちらは待つばかりだ。「ええ、待ちます」と云って通話を切ると、すぐに折り返しの電話が鳴った。

専務という人物は、ケンダマさんの息子らしい。ちょっと居丈高な感じがした。乃亜の素性を訊かれ、ケンダマさんとの関係を訊かれ、ケンダマさんがどこに居るのかと訊かれ、乃亜が口ごもっていると、怒っていると勘違いされたようで「ご無礼を申し上げて、どうかお許しください」と泣き声で云われた。

「いえ、ええと、すみません」

乃亜は急いで今居る病院の名前を告げる。それから、ケンダマさんがホームレスをしていたことを、また要領を得ない調子で説明した。話しながら、これじゃあよっぽど頭が悪いと思われてしまうわ――と思った。

通話を終えて顔を上げると、看護師が待っていた。乃亜はさっそく電話の成果を伝え、それからケンダマさんに会うことが出来た。ケンダマさんはまだ救命救急センターのベッドに居た。クリーム色のカーテンで仕切られたスペースの隣には、やはり同じ感じの空間があって急を要する容態の人が寝かされているらしい。長居は出来ないし、静かに話さなくてはならないと思うと緊張する。

「さっきは、ごめんね」

ケンダマさんは別人みたいに感じが良かったけど、ひどく弱っているように見えた。子どものころ祖母に「年寄りや病人に向かって、いつまでもお元気でなんて云うもんじゃないよ」と教えられたのを思い出した。死が視野にある人に対して、死を前提にしたような口を利くのは無神経だ。

「死ぬ前に、どうしてもチビスケに会いたかったんだ」

「チビスケ」

もこちゃんの別名らしい。「死ぬ前に」という一言も、地雷言葉だ。「そんなことない」などと安易に話を繋げるのは危ない。乃亜は反射的に、聞かなかったことに決めた。

「こちらこそ、すみませんでした」

当たり障りのないことを云ってから、咳払いなどする。祖母の助言を思い出す以前に、病気の話題は乃亜には重すぎた。

「ケンダマさんは、きっと事情があって家を出られたのだと思いますが、病院のこともありますし。さっき、ご家族に連絡してしまいました」

これは、ケンダマさんにとって大変なことだったらしい。いつまでもお元気で（つまり、死なないで）と云われるよりもカチンときた。……というか、乃亜はとんでもないことを仕出かしたようだ。

「なんだと！」

起き上がると、点滴の針が刺さった腕を振り上げて大声を出した。看護師が飛んできて、乃亜はまた廊下に出されてしまう。後ろから、ケンダマさんの「待ってくれ――」と哀願するような声が聞こえたけど、乃亜が留まることは許されなかった。それまで緊張のあまり気付かなかったけど、似たような感じのやりとりが別な場所からも聞こえていた。

息子専務と家族たちが登場したのは、ほどなくしてのことである。彼らはわらわらと登場した。奥さんらしい老婦人と息子は深刻な様子だが、孫らしき子どもたちや嫁らしき女性、甥や姪や兄弟姉妹やその子どもらしき面々は、明るかった。新型コロナ対策として、彼らの殆どはケンダマさんに会わせてもらえないらしいのだが。

「このたびは、まことにお世話さまで」

「皆さまこそ、本当にごくろうさまで」

息子と奥さんに救急搬送の顚末《てんまつ》を説明して、乃亜の役目は終わりである。帰ろうと立ち上がったら、民が廊下の向こうからやって来るのが見えた。時計を見ると、閉店時間から三十分ほど経っていた。今日の営業を終えてから、わざわざ駆けつけてくれたのか。乃亜はありがたさに、涙腺が緩みかけた。

「奥さん、スマホの電源切ってるんだもん」

息子専務に用件を伝えた後、電池が残り少なかったから電源を落としていたのだ。いまさらだけど、慌てて電源を入れ直した。

「あ」

「まだ居るかわかんなかったけど、来てみて正解でしたね。お腹、すいたでしょ」

そう云って、テイクアウト用の紙パックに入れたお弁当を差し出した。小さなおにぎりが三個と、から揚げと煮物が、肩を寄せ合うようにして並んでいた。乃亜が感激していると、民はそっぽを向いて「作ったのは、小倉さん。あたしは詰めただけ」とぶっきらぼうに云い、水筒を差し出す。

「ありがとう、ありがとう――ありがとう、本当に」

「泣かないでよ、もう。重苦しい人だなあ」

民は迷惑そうに顔のわきで手をばたつかせた後、「で、どうだったの？」と訊いてくる。

ケンダマさんが本当に会社の社長だったこと、家族を呼んで当人に怒られたこと、その家族たちの様子などを、かいつまんで話した。本当は微に入り細を穿《うが》って説明したかったのだけど、おにぎりを食べるのに夢中だったのである。

「なるほどね」

民は同情と呆れが混ざったような顔をして聞いている。

「この期に及んで、助けてくれた人に文句を云うなんて、ほんと嫌な爺《じい》さんですね」

「それは……」

ケンダマさんの態度がころころ変わるのは、気持ちが揺れているからだと思った。乃亜だって、じきに死んでしまうと云われたら、気持ちは揺れるだろうし、八つ当りだってしたくなるに違いない。世話ができなくなったときのためにペットをほかの人に託し、だけどまた会いたくなるに違いない。

でも、そんなことを云って民をたしなめるのは偽善のような気がして嫌だった。乃亜は自分が善人であることは知っている。そして、善人であることが、何かイヤラシイと思っている。

「そろそろ帰りますか。あー。帰ったら洗濯しなくちゃ。めんどくさいなあ」

民は他愛ない嘆き声を出した。

「そうねえ」

別に何もしていないのに、ぐったりしているのは気疲れのせいだろう。空腹が満たされて気が緩んだのだ。

よっこらしょ。

そう声に出して立ち上がろうとしたとき、電話が鳴った。母からだった。

――しんちゃんがコビットになっちゃったのよ。

「え、大変。容態は？」

――肺炎になってるみたい。

「そんな……」

愕然としつつも、真司がこのところ店に来ていなかったから助かった――などと思ってしまう。

――信金の方、対応が大変なのよ。そのせいで、おとうさん、こんな時間なのに会議に行ったんだから。

「で、どうなるの？」

非難めいた中にも、どこかクジにでも当選したみたいな得意さがにじんでいる。

――それがね。

真司が勤務している支店は、しばらく休業して店内の消毒をする。ほかの従業員は全員がＰＣＲ検査を受けて二週間の自宅待機。その間、ほかの支店からの応援で営業するという。

――もう、大変なのよ。あの子、なんてことをしてくれたのかしら。

「感染者を責めたら駄目よ。おかあさんだって、罹《かか》るかもしれないのよ」

——そうよね。こないだ、しんちゃんがうちに来たもの。うつされてないとも限らないわ。もう、なんてことしてくれたのかしら、あの子。

「だから、そういうんじゃなくて。おかあさんだって、誰かにうつすかもしれないのよ」

——わたしは大丈夫よ。だって、コビットになんか、ならないもの。

万事につけ、母とは議論にならないことをようやく思い出した。「これからもこちゃんを迎えに行くから、切るわよ」と一方的に通話を切った。これまでなら、誰に対してもこんな無下な態度を取ることなどなかったのだが、乃亜はそのことにも気付いていない。

乃亜の中で、小さな革命が起こっている。母はいかにも愚母といった言動を展開しても、乃亜当人とは違って娘が以前と変わっていることを察知していた。だから、乃亜が話を切り上げる瞬間、ふっと不安な息をもらしたのだが、乃亜はやはりそのことに気付かなかった。

真司が感染したことを民に教えると、意外なほど驚いた。

「マジですか？　真司さんって一人暮らしですよね？」

「ええ、実家にはよく帰ってるけど――」

「入院の準備とか大丈夫かな？　入院しているんですよね？　どこの病院ですか？　お見舞いに――」

「コロナに罹った人のお見舞いには、行けないわよ」

それどころか、あまねく入院患者の面会は出来なくなっているらしい。民は「そうだった」と暗い声で云って肩を落とした。その姿を見ながら、乃亜は思う。真司の気持ちが乃亜から民に傾いているのは、ずいぶんと前から気付いていた。でも、民が真司に気を留《とど》めている様子は見たことがなかった。

乃亜はそのことを喜ぶ反面、心の底の底が冷えてゆくのを感じた。

12　再婚すべきだと思います

真司が復帰するころになると、朝な夕なに秋虫の声が聞こえ出していた。それでも猛暑は続くので、乃亜は虫たちが熱中症にならないかと案じた。乃亜の心配をよそに、日が暮れるとどこからか涼しげな音色が聞こえる。

ちまたではＧＯ ＴＯ トラベルというものが始まって、政府の肝煎りで安く旅行が出来るようになったのだと云う。でも今のところ、感染者が多い東京は除外である。マツクラ食堂では、その特典への評価が割れている。

「新婚旅行にも行けないなんて、悲劇だよ」

真司は経済喚起策を支持していて、大いに自説をぶった後で、そう結んだ。やはり常連になっている修子は「旅行に行くのは、まだ早いと思う」と呟いている。

「店長は、新婚旅行はどこに？」

珍しく小倉さんがそんなことを訊いてくる。

「うーん。イタリアとか」

乃亜がぼそぼそと答えると、民は「さすが、お金持ちだわ」と感心した。

「でもさ――」

そこから、離婚届の話になった。ユキオが郵便受けに入れたあの離婚届である。

「離婚すべきですよ」

民が云うと、真司が片手を上げて「賛成」と云った。離婚届のことは、もう修子にも真司にも小倉さんにもバレている。

「おれだったら、とりあえず放置だな」

小倉さんが云うと、修子も頷いた。

「そうよ。届けを出してしまったら、そこで終わりなのよ。早まるべきじゃないわ」

修子自身は、早まった結論を出したくせに、そんなことを云う。ともあれ二対二で結論は出ず、乃亜はどこかでホッとしながらこのことを考えるのを休むことにした。

小倉さんが熱中症になったのは、そんな会話のあった二日後である。日曜で書入れ時だけど、厨房担当が居ないのでは、料理を提供できないから店は臨時休業になった。乃亜はメロンとスポーツドリンクを買い込んで、自宅を訪ねた。

小倉さんの住まいは、古い雑居ビルの二階だった。人が住むような建物には見えなかったが、通路の奥に玄関らしいドアがあって、目の高さに懐かしい感じのブザーが取り付けられていた。

ブザーを押したら、ドアの向こうで無愛想な声がする。しばらく待つと人の気配が近付いて来た。熱中症の人をたたき起こしてしまったかしら……と心配していたのだが、ドアを開けたのは小倉さんではなかった。人魚姫みたいに波打つ長い髪を無造作に結わえた女性である。

「はい？」

その人は、とても気だるい感じの低い声で呟き、乃亜をじっと見た。一切の媚《こ》びがなく——つまり愛想や愛嬌がなく——それがとても格好良くて、さらには整った目鼻立ちも相まって、乃亜はすっかり気圧《けお》されてしまった。それでも、「はい？」という問いに答えねばならない。

「マックラ食堂の店長代理をしております松倉乃亜と申す者でございますが、このたびは小倉さんが熱中症でお倒れになったとのことで、心からお見舞いを申し上げます」

四角四面なことを早口で云ってから頭を下げ、お土産に持って来たメロンとスポーツドリンクを両手で差し出した。

美女は、ニヒルな感じで笑った。「千万人と雖も吾《われ》知らん」って感じの笑い方だった。小倉さんもそういうタイプだものなあと、乃亜は思った。

「どうぞ」

気だるい感じの美女はメロンとスポーツドリンクを両手で抱いて、視線で上がるように促した。

小倉さんの住まいは畳敷きの2LDKで、小倉さんは錆《さび》の浮いた鉄枠のベッドに寝ていた。映画に出て来る暗い感じのヒーローが敵にやっつけられて一時的に伸びている、というような雰囲気だったがおでこに貼ってある冷却シートがご愛敬《あいきょう》だった。窓の近くに、見たことがないほど旧型のエアコンがあったけど、動いていないらしく部屋は暑かった。

「すみません、暑いですよね」

気だるい感じの美女は、床に置いてあった団扇《うちわ》を乃亜に渡す。乃亜は慌てて小倉さんを仰ぎ出したが、美女は初めて笑顔らしい笑顔になり「この人はいいから」と云った。「この部屋に住んでるから、暑さに耐性がある」などと云う。耐性がないから熱中症になったのでしょうにと、云いそうになって慌ててやめた。声を聞いて目を覚ましたのか、小倉さんも美女と同じようなことを云った。

小倉さんも美女も口数が少ないので、乃亜は懸命に自分のことをしゃべったり、もじもじしたりした。二人は雰囲気がそっくりで、静かで格好良くて顔立ちも良くて、乃亜はいかにも自分がおっちょこちょいの異分子のように思われた。

けだるい感じの美女は台所の方に行ってしまい、小倉さんは眠ったのか静かになってしまう。乃亜は帰るタイミングを逸してしまった。台所からは、カチャカチャと忙しそうな音が聞こえてくるので、そこに割り込んで行って「帰ります」とも云いかねた。ようやく戻って来たときは、お盆に冷やし中華が載っていた。

美女が作ってくれた冷やし中華は、夢のように美味しかった。

「奥さんも、お料理が上手なんですね」

と云うと、きょとんとした顔をされる。何か可怪しいことを云ってしまったのかと慌てたら、美女は「可笑しいわよ」と云いながら追加の辛子をタレに溶いた。

「あたし、妹だもの」

「妹？」

ああ、どうりで。思わず、失礼なほどに納得してしまった。気だるいところも、容姿の良さも、遺伝子が同じなら頷ける。とかく謎が解けるというのは楽しいもので、それで乃亜はようやく緊張も解けた。

「夫婦も似るって云いますから、早とちりして――」

そう云ってしまってから、ユキオと自分は似ていただろうかと思った。「似ている」ではなく「似ていた」と、過去形で考えていることに気付いて暗くなる。

そんな乃亜の心の浮き沈みを、小倉兄妹《きょうだい》は一言も言及しなかったけど全部気付いてくれていたように思う。妹は「メロン冷えたかなあ」と、子どもみたいな調子で云った。それがいかにもキャラクターに似合わず無邪気だから、ああ、この人たちは思いやりがあるのだなあと思った。

「こいつ、昔からメロンが好きで。子どものころに、喉につまらせて死にかけたりして」

小倉さんが、にやにやした。

「もう、食べちゃおうか」

「こいつ、ほんとにメロンが好きで」

三人で、まだ冷えていないメロンを食べながら、乃亜もいつの間にか無口になっていた。生きていると、こうして良い人たちと巡り合うのだなあと思った。

＊

帰り道、行きつけのスーパーに立ち寄ったのは、後ろに怪しい気配を感じたためである。

つまり、怪しい何者かについて来られている——ような気がしたのだ。

あくまで、「ような気が」しただけだが、二、三歩進むごとに、それは確信に変わったり気のせいのように思えたりした。いつぞや、腹痛で病院に行ったとき「十のうち、どれくらい痛い？」と尋ねられたのを思い出す。

（十のうち、どれくらい怪しいかしら）

などと思ってみる。

（三？　いえ、もっと。五くらいかなあ。いや、実は二くらいでいいかも）

一だろうが十だろうが、乃亜の中にあるセンサーが異常や危険を察知しているのは確かなのだ——と思いなおしていたら、ふとそのメーターがゼロを指したように思えた。次の瞬間、背中をたたかれる。

振り返ると、民が居た。

「いやあね、脅かさないでよ」

乃亜は思わず常にない気さくな調子で云って、甲高い笑い声を上げた。やはり緊張していたのだろう。小倉宅への訪問も少なからず刺激的だった。そんなときに、思いがけず民に会って、必要以上に気が緩んだのだ。

小倉兄妹のことを報告すると、民は「へーえ」と感心したように聞いていた。出会ったころのとげとげしさは、完全に消えている。

「でもさ、小倉さんって彼女とか居るのかしらね。居るわよね。イケメンだし。大人の包容力あるし」

「うーん」

いっぱい居そうだなあと思い、でも彼女が居るなら妹が世話しに来ることもないかなあと思い、案外と結婚していて案外と乃亜みたいな事情を抱えているのかも、などと思ったときである——。

さっきまで感じていた尾行センサーが、乃亜の中でまた騒ぎ出した。怪しさの度合いは十のうち十だ。悲鳴とか上げた方がよいのかしら、などと思ったとき、怪しさの発信源である背後の気配が「あの……」と云った。

乃亜は悲鳴をあげたが、それはごく小さなものだったから誰も悲鳴だとは思わなかった。乃亜のとなりで、民が「あら」と云った。背後に居たのは、森田と彼に雰囲気がそっくりな背高の少年だった。
「先だっては、失礼いたしました」
傍らの少年の後頭部を押してこちらに会釈をさせて、「息子です」と云った。民は
「そりゃあ、失礼したわよ」と遠慮なしに云い、乃亜は困ったように曖昧な声で笑
う。少年は知的な目で父親を見て、それから二人の女たちを見た。決して美少年とい
う感じではないが、賢そうで礼儀正しく、まことにもって感じの良い子だった。
女二人は先日のアクシデントを消してしまおうとでもいうように、口々に少年を褒
めたたえた。
はにかんだ様子で聞いていた森田の息子は、二人の言葉が途切れたときに大急ぎで
口を開く。
「あの……」
変声期特有のかすれた低い声で、懸命に訴え出した。
「あの――。父を助けてください。もう一回、力を貸してくれませんか」
「こら、キョウタ、何を云うんだ」
森田は慌てた。乃亜たちに向かって「すみません」と云って、ハンカチで汗を拭
う。追い立てるように今日太（漢字では、そう書く）の背中を押すけど、今日太くん

は散歩を拒む犬のように足を踏ん張って動こうとしない。

父親に向かい「そういうのは良くない」と云ってから、改めて乃亜たちを見た。

「父は修子さんが好きなんです。ぼくは、父が再婚すべきだと思います」

森田は絶句した。

「あのなあ、パパは――」

パパというのが、家庭内の自称らしい。

「パパには、今日太さえ居れば――」

「…………」

不意に、今日太が赤ん坊のときの情景が目の前に浮かび、乃亜はハッとする。そこには若い森田と今日太の母親も居た。顔は見えないけど、気立ての良さそうな人だ。――もちろんそれは単なる乃亜の想像なのだけど、修子も同じような想像をしたことが、何となくわかった。森田にとって理不尽な話なのだが、修子は自分の想像の中で疎外感を覚え、それを上手く消化できなかった。愚かだが、愚かでも仕方ないではないか。愚かさに胡坐をかくのは、よろしくなかろう。でも愚かでなかったら、人間をやめて神さまかＡＩになってしまうよりほかはない。

「ぼくが邪魔なんだったら、どこかに行くから」

今日太がそんなことを云ったのだが、どこか脅しに留まらない迫力があった。

それから、また乃亜たちに視線を移す。

「父は駄目男ではないんです」

「駄目、男？」

この前の作戦は、かなり駄目だったけど……。

「ほら、男子厨房に入らず的な人」

それには一家言あるらしい民が「そもそも、そういう人間を作ってしまうのは、昭和の家庭における男児に対する認識が――」と持論を展開しかけ、今日太に遮られた。

「父は家事とか、女性より上手いと思います。自分は男だからとか、女親が居ないからとか絶対に云わないんです。でも――」

一人息子の目には、父が幸せそうには見えない。森田はひどい寂しがり屋で、その反動で家のことも子育ても無理して頑張っている。

「ぼく的に、けっこう、そういうの重たいし」

「お……重たかったのか」

森田はショックを受けている。乃亜と民は目だけ動かして互いの顔を見た。

（思わぬ展開ね）

（ていうか、この親子が重たい。息子も重たいよ）

乃亜たちの目と目の会話など頓着せず、今日太はこちらを見て続けた。

「こないだの父の失敗のこと、聞きました。確かに、そんな馬鹿っぽい作戦を思いつく人って、地球上にはうちの父のほかは居ませんよね」

「そうねえ」

乃亜は曖昧に笑った。

「居ないかも、地球には」

「その馬鹿っぽさに免じて、どうかもう一回、力を貸してください」

話は振り出しに戻っただけだが、人情に厚い民などは腕組みをして前向きな態度になっている。

「この前は、タクシーで逃げられたんだっけ――」

「じゃあ、次はタクシーで帰れないような場所で――」

今日太は目を輝かせ、女二人は眉間に皺を寄せて考え込んでいる。森田は今しがた受けたショックを忘れて、一同の親切に感激していた。

「修子さんを誘ってさ、檜原村《ひのはらむら》でキャンプしない？　森田さんが先に行ってて、待ち伏せしてるの。坊ちゃんも来なよ、きっと楽しいよ」

「でも、さすがに前と同じ手はマズイのでは？」

乃亜は案じたけど、今日太は嬉しそうだった。ひょっとしたら、父親のためと云うよりも、キャンプに行くこと自体が嬉しいのかもしれないけど。ともあれ、この四人の中で反対意見を唱える者はなく、計画は瞬く間に実行に向けて動き出した。

「店を臨時休業にして、小倉さんも誘おうよ。真司さんの快気祝いも兼ねてさ」

民は目を輝かせている。森田親子は登場したときとは打って変わった明るさで、しつこいくらいお礼を云って立ち去った。

「やっぱ、重いわ、彼ら」

「でも、どうして檜原村なの？」

「うん」

民は答えるでもなく「今夜はポトフにするんだ」と歌うように呟いて、売り場の方に行ってしまった。

13　星落秋風……

キャンプは、社員旅行のようなものとなった。

「こういうの、強制参加させる職場ってイヤだよね。同じ釜の飯を食い——とか云ってさ、ほんと、苦手だわ」

云いだしっぺの民は後ろ向きな発言をしているが、口調は弾んでいる。

参加者は乃亜、民、小倉さん、修子、真司である。真司が運転するクルマに全員が乗り込んだ。密だねと云って、ドア側の四人が一斉に窓を開けた。後部座席で修子と民にはさまれた乃亜は、膝に小型犬用のキャリーバッグを載せている。ときおり、それを持ち上げては、網になった窓から中を覗いて、もこちゃんに赤ちゃん言葉で話しかけていた。

クルマから一歩降りた瞬間に、空気に混じった植物の香りを感じ取った。クルマの排気音や歩行者用信号機の人工鳥の声が聞こえないことに、乃亜は感動と違和感とを同時に覚えた。代わりに、本物の野鳥がてんでに鳴いている。

キャリーバッグから解放されたもこちゃんが、甲高く吠《ほ》えた瞬間、「おや、皆さん」という声がした。

「ええと――おや、皆さん」

その声は半分くらいひっくり返っていて、いかにも嘘くさかった。

振り返った先には、真新しいアウトドアベストとクライミングパンツをまとった森田と、リラックスした様子の今日太が居た。今の「おや、皆さん」というのが、稽古に稽古を重ねたものであることは、そのぎこちない響きから容易に想像がついた。

計画については真司や小倉さんにも話していたが、こちらは他人事だからか平気な顔をしている。首謀者の乃亜と民は、緊張して互いに目を見交わした。そして、修子の様子を窺《うか》がう。

「…………」

乃亜は思わず後ずさった。おっとりして福の神みたいな修子の顔が、蒼白になっていた。常はつるりとしている額に、静脈が浮いて見えた。見開いた目が凍り付き、口角が引きつっている。

「わたし、帰る！」

鋭い声でそう云うと、一同にくるりと背を向けた。乃亜は慌てて、立ちすくんでしまう。修子はペーパードライバーだし、乗って来たクルマは真司のものだ。駅まで徒歩で行くなんて、とうてい無理に決まっている。タクシーだって捕まえられるわけがないのだ。だって、タクシーが捕まえられない場所を選んで、ここに来たのだから。

(ん?)

要するに、森田を見てヘソを曲げた修子が「帰る」などと云い出すのは想定内だったのである。慌てることはないのだ。粛々と次の段階に入れば良いのである。次の段階というのは修子をなだめることだが、阿修羅《あしゅら》の面相に変じた人の機嫌を取るのは容易なことではなさそうだった。

「まあまあ」

と、民が云うと。真司も同じように云って、修子の腕に手を掛けようとした。

修子がそれを邪険な仕草で振り払おうとしたときである。ひょろりとした影が、修子の前に進み出た。森田の息子の今日太だ。修子がヘソを曲げた原因の一つが、この今日太の存在なのだが——。

乃亜の目には、今日太の姿が寝起きで不機嫌な熊に立ち向かう健気《けなげ》な小鹿のように見えた。実際には今日太の方がずっと背高で、修子はふくふくと小柄で熊というよりカピバラに似ている。

「こんにちは。父の息子で、今日太って云います」

今日太はなんだか間抜けな自己紹介をし、それが何とも云えず人好きのする感じだったので、これを無下にするのは悪鬼羅刹でも難しかったに違いない。

「どうも……こんにちは……」

「テントを張りましょう。修子さん、そっちのバッグを持って来て」

緊張した空気の中で、小倉さんが何でもないような口調で云うと、さっさとテントの設営に取り掛かった。民は森田に向かって「今日、来たんですか？」「偶然ですね」などと云ったが、肝心の森田に比べたら上手な芝居だった。真司が片手で今日太の肩を摑み、もう一方の手で修子の肘の辺りをぽんぽんと叩いたけど、修子も今度はおとなしく従った。取り残された乃亜と森田は、目を見合わせてほほ笑み合う。乃亜は一同に感謝していたけど、森田は感激ひとしおで泣きそうだった。

「ノーベル子育て賞」

乃亜がつぶやくと、森田は「え？」と訊き返す。

「森田さんはたった一人で今日太くんを善良で賢い人に育てたので、この先ノーベル子育て賞が設立されたら、ノミネートされるかもです」

森田は絶句する。少し間をおいて、並んで歩く森田が震えているような気配がしたので見上げると、両手で顔をこすっていた。ぐすぐすと鼻をすすり、「すみません」と「そうかな」を何度も繰り返した。

＊

一同に押し切られたり騙されたりした格好で修子はテントの設営や食事の支度を手伝ったけど、実際のところは当人もそんなことは承知だった。それでも、森田に話しかけられると相変わらず硬い態度で返した。しかし、今日太とは初手から仲良くなっていた。二人は「きゃっきゃっ」とはしゃいでマス釣りに行く。森田は追いかけて行くべきか、乃亜たちを手伝うべきか迷って、うろうろしている。もこちゃんが、そのうろうろぶりを面白がってじゃれつくので、結局のところ森田はもこちゃんと遊び出した。森田は子ども時代に犬を飼っていたとのことで、遊び方も褒め方も可愛がり方も堂に入っている。

夕飯は真司と森田が肉を焼き、小倉さんがペペロンチーノを作って、修子たちがマスを釣り損ねたから、女性三人で大量の野菜を刻んでサラダを作った。今日太が梅干しを使って和風のドレッシングをこしらえた。もこちゃんは、みんなの邪魔をするのに忙しい。全員がまんべんなく働いたので、充実感に満ちた夕食となった。摂取カロリーのことは、あまり考えなかった。見るともなく横目で様子を窺がっていたのだが、修子はやはり森田と話そうとはしない。

（修子ちゃんって、仲直りが下手なのよね）

高校時代に一度だけ喧嘩をしたことがある。その折には、半年もぎこちない関係だった。修子は優しくておっとりしているが、実は喧嘩と仲直りなどという面倒が嫌で、ことさらに人間関係の破綻を避けているようなところがある。――おっとり仲間でも、根っからおっとりした乃亜とは、ちょっと違うのだ。

（人間っていろいろなんだなあ。犬も、みんなこんなに違うのかしら）

もこちゃんの頭を撫でると、ぺろりと手を舐《な》められた。

星空の下で焚火《たきび》を見ながら、夜の音を聞いた。一同ははしゃいでいたけど、実際にはそれぞれ心地よい孤独を味わっていたと思う。少なくとも、乃亜はそうだった。ユキオのことも、店の将来のことも、自分の将来のことも、パンデミックのことも考えなかった。

常にないことばかり体験して興奮していたわりには、すんなりと眠った。でも、真夜中に目覚めて、時計を見たら午前二時である。

(草木も眠る丑三《うしみ》つ時《どき》)

いやなフレーズが頭に浮かんで、自分でも困って頭を左右に振った。来たときのクルマの後部座席と同じに、もこちゃんを抱いて修子と民の間で寝ていたのだが、もこちゃんと民は似たような格好で熟睡しているのに、もう片方の寝袋は空っぽである。

(修子ちゃん、どこに行ったの? 丑三つ時だよ——)

以前に読んだ『遠野物語』の山人《やまびと》のことを思い出すと、寝ぼけていることと夜の暗さも手伝ってむやみに怖くなった。修子が山に住む怪人に連れ去られて二度と帰って来られない——などという怪事件が頭の中で勝手に出来上がる。

(大変、大変)

テントを開けると、夜の風がまるで無数の手のように全身を撫でた。風は不思議なくらい暖かかった。星の輝く音が聞こえるような気がした。でも、実際に聞こえたのは、人間のくしゃみである。修子のくしゃみだ。

目を凝らすと、皆で焚火をした場所に、修子と森田が居た。修子がくしゃみを繰り返すと、森田が自分のアウトドアベストを脱いで修子に差し出した。修子はしばらく遠慮していたけど、結局はそれを受け取って着る。でも、またくしゃみが出て、森田は今度はズボンのポケットからティッシュを出して渡した。暗がりの遠目でも、くしやくしゃだとわかる代物だ。修子は今度は素直に受け取って、はなをかむ。それでようやくくしゃみが止まった。

「わたしね、くしゃみが出ると止まらないの。はなをかむまで続くの——」

修子が細くて高い声で、そんなことを云っている。森田は幸せそうに頷いているから、乃亜も幸せな気持ちになってテントに戻った。

＊

朝食を済ませてから、一同は檜原村を後にした。

乃亜たちは真司のクルマに乗ったが、修子は森田親子と同乗した。先に発進した森田のミニバンに向かって手を振りながら、民は「やれやれ」と云った。

「ところで、奥さん、あれから離婚届はどうしたの？」

離婚届の存在も、「離婚届」というワードも乃亜には心に埋めた地雷のようなものだったが、そのときは修子の問題が解決していたせいか動揺を感じなかった。でも、実在する離婚届が憂鬱の種であることは変わらない。

「あれ、思い出すのも嫌だから——」

封筒にしまい込んで、奮発して買った民芸家具の水屋の重たい引き出しの奥に入れて、その周辺は心霊スポットのように忌避している。そう正直に話すと、民はげんなりした低い声で「そういうの、すごくよくわかる」と云った。

ともあれ、せっかく楽しい時間を過ごした後で、憂鬱なことを思い出すのはもったいない。話をキャンプ場のことに戻した。

「民さんは、どうしてここの場所にするって云ったの？」

キャリーバッグの中で、もこちゃんが身じろぎしている。

「だって、いいところでしょ？」

「いいところだね。おれ、盲点だったなあ」

運転席から、真司が答えた。民はほっぺたを掻きながら、窓外を見ている。

「去年、彼氏と来たのよ」

「彼氏、居たんだ？」

真司の声に微妙な動揺が混じるのを乃亜は聞き分けた。民はますますぶっきら棒な口調になる。

「元彼だけど。ていうか、元夫」

これは爆弾発言というもので、乃亜は「まあ」と云うように瞬きをしたし、真司はあけすけに「えー、結婚してたの？」などと仰天し、小倉さんまで身じろぎして後部座席を振り返るような動作をした。――実際には振り返らなかったけれど。

民は窓ガラスに向かって話し出す。

「あれよ、あれ。格差婚ってヤツ。それで、結局は別れることになっちゃったわけ。あの人は、あたしよりも親を選んだってこと」

格差婚、親、というワードに、乃亜はドキッとした。それを隠すように、もこちゃんのキャリーバッグを顔の辺りまで持ち上げてみる。民は相変わらず窓外を見て、面白くもなさそうに続けた。

「あのキャンプ場で出会ったのよね。それから二人でよく行ったわけ。結婚してからも、別れるって決めてからも。ほら、キャンプって楽しいじゃん？　上手く云えないけど、あの縁って云うの？　風って云うの？　家とか部屋とかキッチンとか姑《しゆうとめ》とか、そんなのがなんにもないとこに居ると、気持ちの中にたまったヘドロみたいなのが消えてなくなるのよ。いろんなことをリセットするなら、断然キャンプなわけ、あたしの場合」

「あ。ちょっとわかるかも」

乃亜が遠慮がちに云った。

「だからね、別れる前に彼に云ったのよ。もう一度、あたしを選んでくれるなら、来年のあたしの誕生日にここで会ってほしいって」

「来年？　どうして、来年まで待つの？」

思わず、と云った様子で真司が口をはさむ。

「こういうことは、急いだら駄目なの。わたしの気持ちを、時間によって試験するわけ。彼の気持ちだって、たぶん時間で変化するでしょ。この両方の可能性に賭けるしかないし」

「よくわかんないなあ」

真司の云い方は、いつものデリカシーを欠いた感じに戻っている。乃亜は、前にも民が似たようなことを云っていたのを思い出した。修子のことで森田が助けを求めて店に来たとき、急いでは駄目だと釘《くぎ》を刺していた。

「民さんの誕生日って？」

小倉さんが、ぼそりと会話に加わった。民は「十一月十一日」と元気良く答える。

「でも、さすがにキャンプのシーズンじゃなくないか？」

真司はそう云うが、文脈からしてキャンプは関係ないだろう。自分でもそれに気付いて、急いで付け足した。

「それは、去年の話だよな？　つまり、来年ってのは今年のこと？」

「そう。今年のこと」

「じゃあ、民さんは今年の十一月十一日に、ここに来るんだ？」

「たぶんね」

民は他人事のように云った。ずいぶんと冷静だなあと思ったから、そう指摘してみた。

「実は自分でもわかんないのよ」

「来るか、どうかが？」

「うん。そもそも、今もまだ彼のことが好きなのかが、わからない。別れるまでの修羅場が、楽しかったはずはないし、幸せだったはずもないじゃん？　仮によりを戻したとして、またあれを繰り返すのかと思うと、正直なところゾッとするの」

「でも、今度こそ旦那さまは心を入れ替えるんじゃない？　きっと今度は親御さんから民さんを守ってくれるんじゃない？」

「どうかな」

たぶんねと云ったのと同じ低い声に、熱量は少しも感じられない。でも、それは民特有の照れなのだと思った。

「でも、旦那さまが来てくれるなら――」

証拠なわけだし、元旦那さまが来てくれるなら、それは民さんとやり直したいと思っている

――」

「どうかな」

民は同じトーンで繰り返した後、「あ、そうだ」と明るい声を出した。

「小倉さん、こないだ教えてもらったレシピでフライビーンズを作ったんだけど、あれヤバイねー。ビールのおつまみにするつもりだったのに、すぐに豆のお皿だけからっぽになっちゃった。今度は、もっと大量に作らなくちゃ」

「そう」

小倉さんの態度は相変わらずクールである。民は、それを頼みに元夫の話を強制終了させたいようだ。それにしても、無口極まる小倉さんからレシピを教わるとは、さすが民は対人スキルが高いなあと思った。

「一般的に云って――」

不意に、小倉さんが真面目な調子で云った。

「ええと、元旦那さまには二人で幸せになるという覚悟と展望があるはずで

真司が几帳面に訂正する。

「元旦那」

「焼《や》け棒杭《ぼっくい》ってのは、火が点かないもんだよ。火は消えるべくして消えたんだから」

一同はつい黙り込んでしまった。小倉さんの口調は、かつて乃亜に向かって「目的のためには手段は選べない」と云ったお説教を思い出させた。

＊

不審な人物が店に入って来たのは、早まり出した日暮れどきのこと。奇しくも、怪異が起こりやすいとか云う黄昏時《たそがれ》である。

それは三十代半ばほどに見える男性で、痩せぎすで、そわそわして、暗かった。落語や小説に出てくる死神とか疫病神とか貧乏神に現実に会うとしたら、こんな感じではないかと思うような人物だった。

その死神のような人は、ふらぁりと店に入って、そろぉりと店内を見渡した。来店して空席を探すというのはごく自然な行動だが、その人の場合はやけに目立った。なにしろ、死神のオーラを放っているから、陰気だけど逆に目立つのである。

死神のようなその人は、食事のために訪れたお客ではなかった。夕食どきを前に混み始めた店内を見渡し、スタッフ（乃亜と民と小倉さんだけだが）が目の前の仕事に気を取られていることを確かめているように見えた。

そして、いかにも人目を忍んでいるといった様子で乃亜に近付いて来る。

「ちょっと、いいですか？」

死神のような人は、そう云って乃亜を店の外に連れ出した。いくら乃亜でも、常ならばこんなに怪しげな人物に従うようなことはしない。死神のような人はやはり地獄とか四次元の世界とか、ともかくその手のただならぬ場所から来た怪人だから、すごい神通力《じんつうりき》なんかを使ったのかもしれない……などと後になって思い返したりしたが、そんなわけないわよと自分を笑うことになる。

「店長は？」

独特に甲高い声で、死神のような人は訊いてくる。

「わたしですけど？」

乃亜がきょとんとして答えると、死神のような人は苛々と眉根を寄せた。

「あなた、店長の奥さんですよね」

この人はユキオのことを云っているのだ。消えたユキオを訪ねて来たのか？　それとも――。乃亜の目に現れた怪訝さを見てとって、死神のような人はようやく名乗る。

「わたしは、根本《ねもと》と云います。以前、こちらの店で働いていました」

店のスタッフならば、ユキオを店長と呼んで可怪しいことはない。でも、一度喚起された警戒心は、なかなか収まらなかった。根本は、声をひそめる。

「店長は、ストーカー被害に遭っていました」

「ユーレイさんのこと、ですか？」

確かに、家の周辺で変なことが起きたりしていた。前庭の鉢が少しだけ動かされていたり、窓に手形が付いていたり、番号非通知の無言電話が来たり。それをユキオはユーレイさんと呼び、乃亜はキャスパーみたいな可愛い幽霊を想像して、あまり気にも留めていなかった。そんなユーレイさんも、このところはナリをひそめている。

「何を呑気なことを云っているんですか。あいつは、今度は奥さんを狙っているじゃありませんか。しっかりしてください。あれは、本当に危険なヤツなんですよ」

根本は急に興奮して強い口調で云った。声を押し殺しているせいで、異様な迫力があった。出入口の自動ドア越しに店の中を見ている。その視線を辿《たど》った先、いつものように客として訪れた真司が民を捕まえて話しかけていた。民のうるさそうな気配で「忙しいから、あとで」と云ったのがわかった。

実際に店はラッシュアワーに入りかけ、てんてこまいだった民が乃亜の不在に気付いてきょろきょろする。店の外に居る乃亜を指さして、非難するように眉をしかめた。促された真司がこちらに顔を向け、怒ったような態度で立ち上がると、根本はひどく慌てて後ずさった。

「わたしは、忠告しましたからね」

そう云い残して、競歩のような速度で立ち去ってしまった。

呆気にとられる乃亜を庇《かば》うように、真司が腕を取って店に入るように促す。

「何だ、あいつ。乃亜のストーカーか？」

「うーん、何だろう」

「ぼんやりするなよ」

珍しく、厳しい調子でどやされた。

＊

根本はあれきり姿を見せなかった。少なからず不気味な人だったから、来ないのに越したことはないが、云われた内容は気になった。

あのとき、根本はストーカーが乃亜を狙っていると云った。そして、民と真司を見ていた。つまり、あの二人のどちらかがストーカーで、乃亜を狙っていると云いたかったのか？

(まさか)

民よりも真司よりも、あの根本の方が百倍も怪しいではないか。パンデミックのせいで、世の中がぎすぎすして怪人物が増えだした。彼も、そんな中の一人なのかもしれないと思った。実際、あの人物の素行も言動も、怪しいという一言で片付けられる気がする。だから、そのように片付けてしまうことにした。第一、問題のユーレイさんの悪戯《いたずら》は、すっかり沙汰やみになってしまったのだし。

(はい。悩むのは、おしまい、おしまい)

エプロンの肩紐《かたひも》を直しながら立ち上がったら、今日もまた真司が入って来た。テーブルを拭いていた民が「いらっしゃい」と親しげに迎える。

「真司さん、毎日来てるけど、仕事は？」

「有給休暇」

真司は明るく答える。耳の端で聞きながら、乃亜は違和感を覚えた。

新型コロナに感染して長く休んだ後で、有給休暇の消化などするものだろうか。少なくとも、万事熱血の真司らしくない。そもそもせっかくの休暇に、こんな店に来ているのは、輝かしい人生を歩んできた真司には地味すぎる気がする。

「おれ、転職しようかなー」

真司がそんなことを云い出すので、乃亜は驚いて顔を上げた。民は、鼻先で笑っている。

「何云ってんのよ。いいとこに勤めてるのにさ」

「おれだって、夢ぐらいあるぞー」

真司が元気に万歳の姿勢を取るけど、乃亜はそれをおそるおそる観察した。この人、やっぱりどこか変だと思った。民はというと、すっかり呆れている。

「夢ねえ」

「夢では食べてゆけないなんて、云うなよ。このおれがそんな愚かなドロップアウトなんか、するわけない」

「じゃあ、転職しても勝算があるんだ?」

「そりゃ、人生のステップアップだもの」

「夢で食べて行けても、嫁はなかなか来ないよ」

「じゃあさ、いいとこに勤めてたら、民ちゃんが嫁に来てくれる?」

「何云ってんだか。真司さんは、奥さんのことが好きなんでしょ」

「なんだよ、不倫男みたいな云い方して」

そこで真司は乃亜の方を向き「なあ」と云った。

「え？　あはは」

笑ったつもりが、棒読みみたいになってしまった。真司が民に気があるのは、もうはっきりしている。常に乃亜のそばに居て横恋慕しているのを隠そうともしなかった、そんな真司はもう居ないのである。

（それは、いいのよ。いいんです、この際）

乃亜は、つい口を強く引き結んだ。本当の問題は、真司が職場で上手くいってないのでは？　ということだ。

＊

もこちゃんを連れて夜道を歩きながら、乃亜はふと自分が鼻歌を歌っているのに気付く。別に機嫌が良いわけでもなく、浮かれることがあったのでもない。どちらかと云うと、気持ちは沈んでいた。真司の転職願望のことなども、その一因である。ほかにも、心配事や答えを知りたくないような疑問が、胸の中に積もって重たかった。鼻歌は瘴気のように揮発する憂鬱があふれ出したものなのだ。その証拠に、さっきから歌っているのは『船頭小唄』である。

「どうせ二人はこの世では｜花の咲かない枯れススキー」

乃亜が小学生のときに亡くなった祖父の愛唱歌だが、この祖父がこれを陰陰滅滅とした調子で歌うのを、幼かった乃亜はまことに不思議な気持ちで聴いたものだった。おじいちゃん、おじいちゃんは、どうしてこんなに悲しい歌が好きなのかしら。それはねえ、乃亜ちゃん、おじいちゃんぐらいの年になると、悲しいことヒドイこと辛《つら》いことをたくさん経験しているから、これっくらい悲しい歌がちょうどいいのだよ。うわー、乃亜も大人になったら歌いたくなっちゃうのかしら。

そんなことを思い出して、乃亜は控え目にだが愕然とした。思えば、このところ悲しくてヒドくて辛いことがずいぶんとあった。もちろん、楽しいこともあり充実感もあるけど、その起伏の大きさにてんてこまいの日々だ。そして、今日は枯れススキに自分をなぞらえたい気分なのである。

つい最近まで、乃亜自身がおじいちゃんの悲しい愛唱歌を歌うとしても、それはもっと世の中を見て知って知り尽くした年齢になってからのことだと思っていた。両親だって、まだその域には達してはいない気がする。などと云うことを真司に話したことがある。

——乃亜が枯れススキの歌の境地に達することはないよ。おれが保証する。

やはり祖父が歌うのを聴いて育った真司は、そう太鼓判を押した。思い出して、乃亜は一人でふくれる。乃亜＝苦労知らずという認識は、そろそろ改めてほしいものだ。それでついつい大きな声で「わたしゃこれから利根川《とねがわ》の一」とラストの一節を歌い出したら、すれ違ったサラリーマン風の中年男性が変な目でこちらを二度見した。慌てて咳払いして、速足になる。駆けっこが始まるのかと、もこちゃんが嬉しそうに振り返った。

（ああ、可愛い）

乃亜は祖父のことも祖父の愛唱歌のことも忘れて、もこちゃんの後ろ姿に見とれる。兄嫁が作ってくれた洋服が、似合っていた。もこちゃんも、最初はイヤがっていたのだが、周囲の人間たちにあまりにも褒められるので考えを変えたらしい。最近は着衣でも、ご機嫌な様子である。寒くなったからかもしれないと思い、ふとケンダマさんのことを思い出した。ホームレスをやめて家に帰っていますように、暖かくすごしていますようにと、風に首をすくめながら念じる。

渡ろうとしていた横断歩道の歩行者用信号が点滅して、交差点にたどり着いたタイミングで赤に転じた。もこちゃんと乃亜は、不思議と同じ動作で後ろを振り向く。

それはパワースポットがある角だった。

ユキオが秘かに敬愛していた自営業の守り神。安岡自動車の古ぼけた佇まいが、背後にある。雨の風景が美しいことに、改めて気付いた。信号の赤が鮮やかににじんで、まるでユキオが買ってくれたソール・ライターの写真集の中にある風景のようだった。

いつもはカーテンが引かれている時刻なのに、店内は蛍光灯の青白い光に照らされている。店主らしい中年男性が、せっせと立ち働いていた。書類をまとめて紐《ひも》で縛り、棚を雑巾で拭いている。いつも見る日焼けしたアロエの鉢と、巨大金魚が入った水槽がなくなっていた。カタログが詰まったカラーボックスも、オンボロの応接セットもない。

「え？」

思わず、声が出た。年季の入ったサッシ戸に、手書きの文字を綴《つづ》ったＡ４サイズの紙が貼ってあった。そこには、十月いっぱいで廃業するという内容の挨拶が記されていた。

14　転！

眠気は訪れず、なぜか疲労すら感じなかった。

頭の中では、ユキオに送りたいメールの文面が繰り返し浮かび、流れる。

――ユキオさん、大変です。パワースポットがなくなっちゃうのよ。早く帰って来てください。

しかし、どこに居るのかわからない相手に、メールなんか出せない。

（……ん？）

一時間ぶりに、顔を上げる。ようやくのこと、堂々巡りから抜け出した。

（メール、出せばよくない？　だって、メールだもん）

どうして、そんな当然のことに、今まで気付かなかったのか。お金の補充を済ませた口座からは、ユキオの携帯電話の料金も引き落とされているというのに。

そこでさっそく、さっきから頭の中で繰り返していた文面を送信してみた。

すぐに返事をくれるだろうか。黙殺されることを想像すると、闇とか泥とか絶望とかが胸の中を真っ黒に染めてゆく――。

「ふがふが」

不意に、足元で眠っていたもこちゃんが飛び起きて、花咲じいさんに登場するポチみたいな熱心さで枕を掻き始めた。それを抱きとめて、枕をどけたらユキオのスマートフォンが現れる。

「はあ？」

目をぱちくりさせた。

（わたしは、今、これに向けてメールを送ったというわけ？）

脱力感と、鳴りもしないスマートフォンへの着信を察知して反応したもこちゃんへの称賛が同時に湧いた。でも、これはやはり落胆する場面だなあと思った。スマートフォンまで置いて行くなんて、こちらからの連絡は徹底的にお断りという意味なのだろうか。だとしたら、悲しいというより、すごく感じが悪くないか？

電源を入れてみたけど、電池切れだった。ロック設定をしているだろうから、電源を入れたところで何にもならない。そう思ったけど、肩透かしをくらった直後であり、何の収穫もないというのでは気がおさまらなかった。急いで自分の充電器を持って来ると、ベッドわきのコンセントに繋いだ。改めて電源を入れてみると、意外なことに端末はロックされていなくて、あっさりと中を見ることが出来た。

メールのアプリを開いたのは、自分がたった今送信した分を確かめようとしたからだ。確かめても、何も新しいことなどわかるはずもないのだが。

乃亜の記憶と一言一句違わない着信があった。それは、当然のことだ。でも、思わず口をぽかりと開けてしまったのは、一人の人物からの膨大なメールが目に飛び込んできたからだった。それというのが誰あろう、民なのである。

(なんで?)

わけがわからなかった。

しかし、夫宛てのメールを読むなど人倫にもとる気がして、スマートフォンを枕の上に置く。明かりを消して、目をつぶった。そろそろ眠らないと、寝不足になるから。

でも。

気になる。気になる気になる気になる。

(そうだ。一緒に水元《みずもと》公園に行ったとき、ユキオさんが撮った写真を見せてもらってなかったっけ)

呪文でも唱えるような調子でそう念じると、素早く寝返りをうち、スマートフォンを取り上げた。ほんの少し迷ってから、アルバムのアプリを起動する。ユキオはマメにカメラを使うタイプではないから、写真は探さなくてもすぐに出てくる――はずだった。

しかし、豈図《あにはか》らんや。

乃亜の写真なんか、さっぱり見つからない。

アプリに収められていたのは、民の写真だった。それらは、メール以上に膨大な数に及んでいた。サムネイルの一覧が、洪水のように乃亜の脳髄を襲う。民は今とは違って、髪の毛を伸ばしていた。だからといって、見間違うはずもない。相変わらず芸能人なみに美人だった。そこだけ陽が当たっているみたいに、きらきらした笑顔でこちらを見ている。つまり、写している人――ユキオを見ている。そう思ったら、乃亜は脳みそが焼き切れそうになった。でも、自撮りらしいポーズで民とユキオが頬を摺《す》り寄せた一枚を発見したときは、本当に脳の一部が焼け焦げた気がする。

乃亜は夫のスマートフォンをマットレスに叩きつけてしまった。

焼けた脳みそがチクチクしている――気がする。

(なんで？)

撮影された時期は、去年の九月から今年の一月までの約四ヵ月にわたっている。普段はめったにカメラ機能など使わないくせに、本当に本当に、それは莫大《ばくだい》な量の画像だった。

恐れていた色事の写真はなかったけれど。だからといって、見て見ぬふりなど出来ない。

そう思ったとき、熱をもった頭に「浮気」の二文字がもやもやと幽霊のように出現した。

以前、真司が云っていたのだ。ユキオには、愛人——浮気相手が居る、と。

あのときは微塵も信じなかったが、今はそんな自分が愚かで憐《あわ》れで腹が立つほどだった。まさに悪い騙し絵でも見ている気分だ。いや、騙し絵ではなく、ユキオが写した写真なのである。もはや、グウの音も出るまい。いやいや、グウというのはわたし？

泣くべきか怒るべきかは判断つきかねたが、とりあえず乃亜がするべきことはその二つだった。しかし、指と目と脳は意外に冷静に動いた。アルバムを閉じると、メールを開いた。もはや、躊躇《ちゅうちょ》なんて跡形も残っていない。

乃亜は、読んだ。ものすごい抵抗感を無視して、読みに読んだ。

写真と同じく、そこには実に友好的な調子の文章が綴られていた。読み進むうちに、怖いもの見たさや、覗き見の背徳的な快感と、強い自虐が混然となり、ついつい熱中してしまう。

そして、次のようなことがわかった。

昨年九月、ユキオは仕入れの打ち合わせのために、群馬の農家を訪問した。その帰りのことである。無人のホームにて電車を待つユキオは、閑だったので歌など歌っていた。郷《ごう》ひろみの『お嫁サンバ』を、勝手な振りまで付けて大声で歌った。両親の愛唱歌だから、ユキオも当然のように郷ひろみの歌が好きなのである。

で、ふと、背後に人の気配を感じた。

（わわわ……！）

ユキオは大変に驚いた。と同時に、強い羞恥を覚えた。だれも居ないつもりで歌い踊っていたら後ろに人が居たわけで、その気まずさは察してあまりある。でも、メールを読んでいる乃亜は怒り心頭に発しているから、同情などしないけど。

ともあれ、ユキオは驚き恥じ入ったのだが、背後の人はあまり気にしていないようだった。その小柄で美しい女性は、しくしく泣いていた。まるでおとぎ話に出てくる、怪我《けが》をした鶴や狐のような印象の人だった。つまり、神秘的なまでに美人で絵になっていたということだ。その女性こそが、山田民だったのである。

ユキオは自分の変な所業の云いわけをしがてら、女性の涙の理由を尋ねた。まあ、自然な流れでそうなった。電車を待つ間、そして席に座ってからも続く長い話となった。

女性（山田民）いわく――。

彼女はそのとき、婚家に離婚届を置いて来たばかりだった。夫は大金持ちの名家の息子である。婚家が金持ちだということも、名家だということも、民にとっては余計なオプションだった。なぜならば、そのせいで離縁することになってしまったのだから。民は玉の輿《たまのこし》など一ミリも望んでいなかったし、夫のことは心底から好きだったが、夫に付随した輝かしい何もかもは全く不要なものだった。一緒に暮らすうちに、考え方や価値観の違いから溝が広がり出し、そこに義両親が乗り込んで来て壊滅的な破局に至った。

この辺りのことは、キャンプの帰りに民本人から聞いた話と、一致する。

そういった話を、ユキオは訪問先の農家からお土産にもらったおにぎりとか果物を民と分け合いながら聞いた。ちょっと間が抜けていたかもしれないけど、ユキオの純朴な優しさが民の心にしみた。そして、ユキオの方は民の話にとても同情した。なぜならばユキオ自身の結婚も格差婚で、妻の身内からは少なからぬいやがらせを受けていたからだ。

（いやがらせですって！）

乃亜は憤慨する。怒気が伝わったのか、足元の丸いベッドの中でもこちゃんが「ふがが」と寝言を云った。

——実は、ぼくも同類なんです。

ユキオが自分の身の上を告げたとき、民は地獄で仲間に会ったみたいな顔をした。ユキオは民が喜んでくれるのが嬉しくて、格差婚の苦労話をどんどん話した。ちょっとだけ、話を盛ったりした。いや、かなり盛った。民は何度も頷き、二人はすっかり意気投合したのだった。

これ以降、二人は隠れて会うようになった。いや、民は独身にもどっていたから、隠れて会っていたのはユキオ一人だ。そう、二人は隠れなければいけない会い方をした。つまり、密会というものだ。

民が喜ぶので、ユキオは虐げられている実態を虚構も大いにまじえて話した。虚構の効果は絶大で、二人は互いに離れ難い愛人関係に陥り——そうになっていた。

（なんですって！）

乃亜の身内に目撃されたのは、このころのことだろう。

そして、二人はとうとうホテルに行った。つまり、その、ヤバイことをするためにである。

しかし、いざ脱ぐ段になってユキオはわれに返る。

――ごめん！

過呼吸気味になって、ユキオは叫ぶように云った。

――今までの話は、ウソなんです。ぼくは確かに格差婚で味噌《みそ》っカス扱いだけど、それでも幸せだし、奥さんのことが大好きなんだ。きみのことは、嫌いじゃないよ。でも、奥さんを裏切るなんて出来ないです！

これを聞いた民は、大いに怒った。シチュエーションを想像してみれば、無理ないことではある。揚げ句に、ユキオを恨んで付きまとうようになった。乃亜と別れなければ、危害を加えてやると脅した。

ここまで読んで、乃亜は「ふう」と息をついた。不思議なことに、ユキオと出会ったころの民は字面の範囲でしか想像できないのに、怒り出してからの様子は目に浮かぶようだった。

（つまり、民さんは今でも怒っているってことなのかしら）

それよりも考えるべきなのは、ユキオの失踪の原因はこの頓馬《とんま》な行いに起因しているのか、ということだ。そうだとしたら、辻褄《つじつま》が合う。でも、乃亜は違う気がした。

（そう——）

乃亜はてっきり、ユキオの店のスタッフだったという根本氏のことを怪しい人物なのだと思い込んでいたが、彼は真実を語っていたことになる。少なくとも、かつての同僚だったはずの民が根本に対して知らん顔をしてたのは、本当は同僚ではなかったからなのだ。

民が乃亜を「奥さん」と呼び続けているのも、乃亜たち夫婦が犬を飼っていないのを知っていたのも、店の経営状態を詳細に知っていたのも、民がこちらを追い回して探り続けていたから。最初に会ったとき、民が店に入り込んでいたのも、ストーカー行為により入手した合鍵による不法侵入だった。

これまで意識せずにいた違和感まで、民がストーカーだったとすれば、全て納得できる。そして、犯人が民だと知っているからこそ、ユキオはストーカーを「ユーレイさん」だなんて、ことさらに可愛い呼び方をして話を有耶無耶《うやむや》にしようとしたわけか。

乃亜は頬杖をついて、ユーレイさんの犯行を思い出そうとしてみる。

無言電話。ユキオと二人で植えたチューリップを折られた。部屋にガマズミのリースが置かれていたこともある。ユキオは自分が買ってきたと云ってたけど、そのときの様子が怪しかった。

――ガマズミの花言葉は「わたしを無視しないで」なのよ。

そう教えてやったら、ユキオはいよいよ狼狽《ろうばい》していたものだ。

（ほかにも――）

トイレットペーパーがやけに減っていたのも、手を付けていないはずのチョコレートが半分くらい食べられていたのも、民の仕業なのか？

はあ。

ため息が出た。

最初こそ友好的ではなかったけれど、近頃では腹蔵なく話せる相手になっていた。ところが、相手は含むところ満載だったと思うと、ひどく悲しくなった。

（悲しむのは後回し。今は考えるの）

民がユキオの浮気相手（一線を越えていなくても、やはりそう呼ぶべきだと思う）であり、ユキオの云う「ユーレイさん」の正体が民だったというのはショックである。

ユキオの失踪が民のせいだとしたら、それ以上にショックだ。

しかし、そう考えたら、さっきも違和感を覚えた。何かが、ひっかかるのだ。

ユキオの黒いスマートフォンを見つめる。目が、頭より先に何かを察している――

そんな気がした。

のろのろと、再びメールに目を落とす。

最前に見落としたものに目が行った。

民からのものと、通販サイトからのお報《しら》せの中に、ぽつんと奇妙なタイトルが浮かび上がって見えた。

――お忘れなきよう。

本文も、タイトルと同じその一文だけが記されている。送信者のアドレスを表示させて、乃亜は思わず手で口を隠した。

meiwakumail2noroiare@sun-net.or.jp
迷惑メールに呪いあれ。これは、乃亜の父から送られたものである。

つい昨日も、父はこのアドレスから乃亜にメールを寄越していた。福島に一泊旅行するから、一緒に来ないかという内容だった。それに先立って、母からも同じ内容で同行を誘うメールが来ていた。

しかし、である。

父とユキオがメールをやり取りする仲だったとは知らなかった。

いや、そんな仲ではない。父からの着信は、ほかには見当たらない。

それに「お忘れなきよう」なんて、乃亜には意味がわからないものの、仲良し同志の通信文であるはずがない。これって、何かよからぬ思惑で、相手に釘を刺すとか恫《どう》喝《かつ》するような場合のセリフではないのか？

悪い予感がした。

予感というのは、これから起こる災いに備えるためのものだが、乃亜が感じたのは起こってしまった災いを知ることへの恐れである。それは強ければ強いほど、立ち向かう必要の大きさを表している――とは、わかっていた。

急に眠たくなった。逃げたくなった。無視したくなった。お腹がすいた。

ベッドから抜け出すとココアを淹れに行った。一口飲んでみたが、悪い予感はますます大きくなるばかり。もはや、立ち向かわなければ心の安寧は訪れまい。

窓を見た。

遮光カーテンの隙間から、白み始めた空が見えている。

（でも、まずは眠らなくちゃ）

それで眠れてしまうのだから、案外と肝《きも》が太いのかもしれない。

＊

明くる日は、折よく水曜の店休日だった。

向かった先は実家である。さらに折よく、両親は福島に行って留守なのだ。

（一泊旅行だから、今日中には帰ってきちゃうけど）

無論、両親が驚こうが邪魔しようが一歩も引く気はなかった。でも、諍《いさか》いはないにこしたことはない。

ところが、両親は居ないけれど真司が居た。なぜか、一人でエビチリを作っている。

「しんちゃん、仕事は？」

思わず、咎めるような調子で訊いてしまった。

真司はわずかにたじろいだように見えたが、すぐに笑顔になる。

「有休」

「………………」

「これね、死ぬほど美味いエビチリなんだけど。乃亜も食べるだろう」

「…………」

気が立っていたから、無言の一瞥《いちべつ》をくれただけで二階に行った。いや、父の書斎に侵入するにあたって気おくれと罪悪感があったから、ついとげとげしくなるのだ。

真司は乃亜の機嫌の悪さに臆したのか、あるいはこのところ頻繁に取っている有給休暇について追及されるのを恐れたのか、いつものように干渉してくる様子はない。でも、料理の途中らしいのに、わざわざ後ろからついて来た。

「来ないで」

追い払おうとしても、真司は紳士的な笑顔で後ろに居る。マズイなあと思った。でも、この人と議論したところで、論破されるだけなのはわかっている。これに両親が加わったらさらに面倒だから、帰って来る前に目的を済ませたい。

乃亜は部屋を眺め渡し、一つ頷くと書棚に向かった。

造り付けの頑丈な棚の一番下に、祖父から譲り受けた船簞笥《ふなだんす》が納まっている。祖父が骨董屋《こっとうや》で買い求めたもので、江戸時代の北前船《きたまえぶね》の船長が使っていたとかいなかったとか。引き出しがからくり細工になっていて、祖父はこれを金庫として使っていた。

もっとも、金目のものを入れるのは無粋だから、かつての恋人（祖母ではない）からもらった恋文とか、息子（乃亜の父）が書いた作文とか、乃亜の最初に抜けた乳歯などというプライベートな財産を隠していた。

これを祖父から受け継いだ父は、何を隠しているのか話したことはない。でも、乃亜にはだいたいの見当はついていた。祖父と同様、ここにはお金だの通帳だの株券だのという、ギラギラしたものは入っていない。ここはプライベートをしまう場所。ある意味では、金庫よりも安全な場所なのだ。なぜならば、開け方はだれも知らないから。

（ところが、どっこい）

乃亜は、知っているのである。おじいちゃんと、さんざん引き出し開けごっこをして遊んだから、このカラクリを突破するのは赤子の手をひねるよりたやすい。

「乃亜、何してんだよ。おい、乃亜」

真司が騒ぐのを無視して、黙々と続けた。

そして、目的のものを発見したのである。

（甘いわ、おとうさん）

乃亜は乃亜らしくもなく、心中で不敵につぶやいた。

それは、念書だった。ユキオと父（たぶん母も承知だと思うが）の間で交わされたものである。ユキオの署名に加え、捺印《なついん》までされている。

（やっぱり、あったのね）

こうしたものが存在することを、乃亜は漠然とだが予想していた。いや、確信があった。

乃亜は世界の隅々まで自分の意思がまかり通るなんて思ってはいないので、ユキオと両親がどんな取り決めをしようと構わないと思ってきた。ユキオと両親は乃亜をめぐって対立する立場にあり、しかしその対立が均衡のとれたもので、だれも不幸にな
ったり損したりしていないならば、敢えて暴き出す必要はない、と。

でも、事ここに及んで、もはや放置することこそ罪である。両者の中心に居る乃亜は眠れる獅子《しし》だったが、遅ればせながら、眠っている場合じゃないことにようやく気付いた。

で、乃亜はそれを読んだ。

（なにこれー）

記された取り決めは、今度こそ乃亜の予想を超えていた。

ユキオは結婚後も、乃亜の資産には一切頼らない。乃亜を働かせない。家庭内の雑務はユキオがする。できなければ、即刻離婚のこと。

ユキオの仕事で、乃亜には一切の手間をかけさせない。相談や愚痴をこぼすことも

禁じる。できなければ、即刻離婚のこと。

ユキオの資産が一千万円を切った時点で、即刻離婚のこと。

離婚に応じない場合は、違約金五千万円を払ってもらう。

以上がおおまかな柱になっていて、そのほかにも日常のことが細かに規定されている。まるでマネジメントシステムの類を思わせるが、箱入り主婦だった乃亜はマネジメントシステムなるものは知らない。ともあれ、数々の無理難題の末尾には「できなければ、即刻離婚のこと」という文句が必ず付いている。

「呆れた」

思わず声に出して云った。

存在を予想して突き止めたというのに、まるで宇宙人とかツチノコを見つけたような気分だ。

「あら、乃亜ちゃん、来てるの？」

階下から、母の声が聞こえた。玄関で乃亜の靴を見つけたらしい。二人で迷うことなく階段を上がってきたのは、乃亜が来た目的も隠していたものを見つけ出したことも、一瞬で悟ったのかもしれない。

だけど、両親はしごく落ち着いて、いつものように寛いだ笑顔を浮かべていた。乃亜が手にしているものと、開け放した船簞笥を見比べて「おや、見つかっちゃった」なんて云っている。まるで宝物を探し当てた幼子を褒める優しい大人たち――みたいな感じだ。

「何を怒ってるの？」と、母。

「おまえのためじゃないか」と、父。

「乃亜ちゃんは、他人を信用し過ぎるのよ。ほんと、まだまだ子どもなんだから」

ユキオは夫であって、他人ではない。それに三十三歳の人間を子ども扱いするのは、親といえども失礼ではないか。と反論したけど、笑って無視された。

「乃亜にはやっぱり、真司くんみたいなしっかり者がそばに居ないとなあ」

「…………」

乃亜は思わず真司を睨みつける。

「お、おじさん……おばさんも……」

真司はさすがにうろたえるが、両親は気にするでもない。いや、本当は乃亜の態度を大いに意識していたのかもしれない。こちらに向き直った顔は、自信に満ちていて説教臭さも加わっていた。

「あの人が――」

と、母は云う。ユキオの名前など、口にするのも嫌だと云うのか？

「乃亜と結婚したいと云うのを認めたのは、そこに書いた約束を守ることが条件だったのよ。あの人が転職した時点で、内容を少し書き加えて今の形に落ちついたんです」

違約金の額は、ユキオの両親が住む土地の価格だという。つまり、松倉の両親をも巻き込んで、この約束に縛り付けているというわけだ。

「あくどいわ」

乃亜は怒った猫のように低く唸《うな》った。どうしてこんなヒドイことを思いつくのか、わけがわからない。こんなヒドイ約束をさせられてまで、乃亜と結婚したいと思うユキオの気持ちもまたわからない。

「こんな約束、守れるわけがないじゃない」

「向こうが――」

と、母は云う。

「率先して約束したのよ」

「親にしてみりゃ、これくらいしないと、大事な娘をあんな頼りない男と結婚なんかさせられない」

「ユキオさんが出て行っちゃったのは、これのせいだわ。離婚届を寄越したのも、これのせいなんだわ」

離婚が嫌だから逃げたけど、離婚しないと両親まで路頭に迷う。だったら、失踪の原因は乃亜への愛なのか。両親が乃亜を愛していなかったら——ユキオが乃亜を愛していなかったら——何の問題も起こらなかった。諸悪の根源は乃亜への愛である。

（そんなわけがありますか！）

乃亜は腹を立てたけど、両親は別の理由で破顔する。

「まあ、離婚届を渡されたの？」

「真司くん、知っていたのか？」

真司は、もじもじしている。

「しんちゃん、しっかりしなさい！　あなたの幸せもかかっているのよ！」

母のその言葉に、乃亜の理性がチョン切れた。前言撤回である。両親が愛しているのは、乃亜ではない。彼らが好きなのは、自分たち自身なのだ。

「おとうさんと、おかあさんの、馬鹿！　鬼！　悪魔！」

「親に向かって、何てことを」

父がようやく怖い声を出したが、しかし真剣味はない。もこちゃんが怒っても悪戯してもやっぱり可愛いみたいに、両親には娘の怒りなんてわからない。

「そうよ。親にとって、子どもはいつまで経っても子どもなのよ」

「そんなの、何の決めゼリフにもならないわよ！」

念書をびりびりと破り捨て、階段を駆け下り、その勢いのまま実家を飛び出した。

怒りに燃えつつも、これじゃあ仕事のときにもこちゃんを実家に預けられないなあ、困ったなあ、などと考えている。

バッグからスマートフォンを取り出すと、一つ大きく深呼吸をした。

15　早く帰ってきてください

マックラ食堂の通用口は、いつぞやとは違い鍵が開いていた。

しかし、電灯は一つも点いていないから、陰気で暗い。それなのに、人の居る気配がした。

スイッチを入れると、蛍光灯の青い光がぽつりとテーブル席に居る民を照らした。

小柄で端整な顔立ちの民は可愛らしい人形みたいに見えたが、こちらを見た途端に邪険な笑みで表情が歪んだ。仲良く過ごした時間が一瞬で消えて、出会ったころの民が今日はそこに居る。

「ようやく、気が付いたんだ？」

手に持っているスマートフォンは、ユキオとお揃《そろ》いだ。今まで、そんなことにも気が付かなかった。何が表示されているかまでは見えないけど、おそらく乃亜が送ったメールを繰り返し眺めていたのだろう。

──お休みの日に申し訳ないのですが、これから店で会ってもらえませんか。ご迷惑とは存じますが、ぜひお願い申し上げます。

こういったシチュエーションでも礼儀正しい文面だけど、実際に面と向かえば声は凍っている。

「ユキオさんに、別れなければわたしに危害を加えるとでも云ったんですか？」

「でも、まさか本当に消えちゃうとはね」

民は軽薄な感じで笑った。脅迫したことを認めたというわけか。その脅迫のために、ユキオは消えたのか。それとも、両親があんなにも追い詰めたからか。きっとその両方だと思った。ユキオは十重二十重に攻め立てられて、思いあまって、わけがわからなくなって、全てから逃げた。だれも彼も、ユキオを攻撃するために乃亜を使う。何が腹立つと云って、そのことなのだ。

「あなたがどんなに不幸だとしても、わたしまで不幸にする権利なんかありませんん！」

乃亜は燃え立つアドレナリンで大怪獣にでもなった気分だった。一方の民は、乃亜の啖呵に、傷付いたように見えた。でも、それはほんの小さな表情の変化だったので、エンジン全開の乃亜は頓着など出来ない。

「ユキオさんのことを付けまわしていたんだから、今もどこに居るか知っているんでしょ。さあ、連れて来て。いいえ、これから、今すぐに、わたしをユキオさんのところに連れて行ってください。……じゃなくて、連れて行きなさい！」

「はいはい。わかったわよ。でも、来週とかにしない？　今日、ちょっとこれから用事あるし――」

「今すぐ連れて行かないと、あなたの大切な人も消してやる！」

「あたしに大切な人なんか、居ないわよ」

「いいえ！」

乃亜は刃物みたいな視線を相手の顔に投げた。

「あなたには大切な人が居ます。わたしが知らないとでも思っているの？」

「………」

民の目の奥に不安そうな影がよぎった。消してやるなんてもちろんハッタリだし、それは民の元夫を念頭に置いていたのだが、民の中に生じた不安が別の人物を思ってのことだと乃亜は知らない。民自身も自覚していないのだろうが。

＊

民に連れられて行った先は、河川敷《かせんじき》に設営されたテントである。

キャンプ用の小さく端正なテントではなく、ホームレスの人たちが家の代わりにしているお手製のテントだ。主に廃材とベニヤ板とブルーシートで作られていて、案外と広くて生活感もある。

そんな仮住まいが数軒、寄り添うように建っていた。夏の浜辺にあるようなパラソルとか、ソーラーパネルによる発電機とか、オープンカフェみたいな椅子とテーブルのセットとか、天体望遠鏡などが置いてある。老犬らしいおとなしい犬が一匹、リードに繋がれていた。乃亜たちの姿を認めても、吠えるでもなくあくびをした。

「ここよ」

民が指さしたのは、ブルーシートとベニヤ板で頑丈なドアをこしらえた一軒である。テントではなく、小屋に近い。樹脂のテーブルと二脚の椅子が、戸口のそばに置かれていた。

ここに、居るのか。乃亜の前から消えてしまってからずっと、ここで暮らしていたのか。そう思ったら、胸の中で心臓が躍り出した。

でも、そのブルーシート小屋には、だれも居なかった。

真っ暗で、外よりも寒い感じがした。土の匂いと人間の臭いがした。民が戸口に無造作に置かれていた古いオレンジ色の懐中電灯を取って中を照らす。そこに懐中電灯があると知っていたのだろうか。尋ねようとしたけど、照らし出された光景に、気を取られた。よく片付けられ、生活感がある。ユキオに会えなかったという落胆よりも、快適そうなので乃亜はホッとした。同時に、やんわりとした拒絶を感じたように思った。

「あ」

灯りを動かす民から懐中電灯を取り上げて、段ボールを立てかけただけの壁の一角に光を当てた。

写真立てがあった。そこに納まっているのは、ケンダマさんとその家族たちだ。前に病院に大挙して来た面々が、殿さまみたいなオーラを放つケンダマさんを囲んで白い歯を見せていた。

「ここ、ケンダマさんのおうちなの？」

「そう」

民は、写真立てのわきにあるけん玉を指さした。乃亜の目は、その横にあるマグカップに吸い寄せられる。桜色の釉薬《うわぐすり》の、手捻《びね》りではないのに古田織部《ふるたおりべ》も顔負けの味のある、かろうじてカップの形をとどめているそれは、乃亜が陶芸教室でこしらえたものだった。世界で一番個性的かもしれない珈琲茶碗《コーヒーちゃわん》を、作った当人が見間違うはずもない。

「ユキオさん、ここに居るのね」

「そうよ」

「ケンダマさんと暮らしていたってこと？」

だから、ケンダマさんは店の様子を見に来ていたのか。

「正確には、ケンダマさんの世話になってるってわけ」

「でも、居ない。ケンダマさんまで、居ないわ」

ケンダマさんはまだ入院しているのかもしれない。退院したとしても、自宅にもどったのかもしれない。だから、ユキオはここからも失踪してしまったのか。

「居るわよ。本当に、つい最近まで居たわよ——」

民の声に動揺が混じった。落胆をなんとか抑え込んで乃亜が口を開きかけたとき、背後で険悪な感じの気配がした。同時に、ケンダマさん宅の旧式な明かりではなく、ＬＥＤの鋭い光が乃亜たちの顔に当てられた。

「ちょっと、何よ」

ユキオのことで怯んでいたことなどどこへやら、民が怖い声を出した。

LED懐中電灯の相手は、ひょろひょろした感じの中年男性だった。釘の刺さった角材を持ち、敵意に満ちた目でこちらを睨みつけている。まことに剣呑《けんのん》だ。

「おまえたち、誰だ」

「あんたにおまえ呼ばわりされるいわれはないわよ。人に誰かって訊く前に自分で名乗るのが礼儀でしょ！」

相手が物騒なものを持っているというのに、民は女戦士のように果敢に食らいついた。乃亜は、本当に気が強いなあと感心する。その剣幕に、おじさんも怯んだように見えた。

「お――おれは、となりの者だよ」

隣のテントの住人で、趣味の天体観測をしていたら、ここから不審な物音がしたので駆け付けたらしい。そう云えば、屋外に天体望遠鏡が出ていた。

「なんだ、近所の人か」と、民。

「わたしは松倉雪男の妻の松倉乃亜と申します。あの――夫は今どこに居るのでしょうか？」と、乃亜。

女戦士の態度が軟化したことと、乃亜が武家の奥方のように礼儀正しく名乗ったことで、角材LEDのおじさんはあからさまに緊張を解いた。

「なーんだ、ユキオトコさんの奥さんかい」

その声に、乃亜は同情と迷惑そうな響きを聞き取った。

「ユキオトコさん、もう居ないよ。ここ一週間くらい、帰って来てないもん」

おじさんは、絶望的なことを云った。乃亜は泣くとか倒れるとかしたくなった。

「どこに居るか、わかりませんでしょうか？」

「わかりませんですねえ」

拗《す》ね者らしい意地悪さで、おじさんは云う。

「おれ、そういうの嫌いだから。監視とか、しがらみとかってね」

星の観測に戻ろうとするのを、何とか食い下がって話を聞いた。ユキオのここでの暮らしぶりを教えてもらったが、今居る場所を知るヒントのようなものは少しも摑めなかった。

「帰ろうよ、もうここに居ても仕方ないし」

民はさっさと外に出てしまう。乃亜も後に続こうとしてから立ち止まり、肩に下げた小さなバッグから急いで万年筆を取り出した。ユキオに買ってもらったもので、お気に入りの藤色のインクが入れてある。段ボールの壁に、ユキオに届かなかったメールと同じ文を書いた。

――ユキオさん、大変です。パワースポットがなくなっちゃうのよ。早く帰って来てください。

こんなことを書いてみたところで、当人が居ないのなら仕方ない。そう思ったけど、自分の書いたその短い一文を何度も読み返してから、外に出た。民と並んで河川敷を歩き、お互いに何も話さなかった。

背の高いススキ越しに対岸を行くクルマの眺めを見ていたら、民が不意に立ち止まった。

「あの小屋に忘れ物をしてきた。奥さん、先に帰ってて」

乃亜の返事を待たずに、来た道を走って引き返して行く。

「？」

出掛けの部屋の様子を思い出してみたが、忘れ物なんてなかったような気がする。先に帰れと云われたけど、心細いからとぼとぼと小屋まで戻った。

「やあだ、帰らなかったの？」

小屋に着く前に、民は再びこちらに向かって歩いてくる。笑いかけられたので、頷いたが、その先も互いに何もしゃべらなかった。

＊

驚きすぎ、怒りすぎ、落胆しすぎたせいで、精根尽き果てた。それでも興奮は収まらなくて、夜になっても眠れない。寝不足と疲労で、翌日は店に行ってもミスを連発した。そのたびにフォローしてくれる民を、乃亜はぼんやりと見つめた。この人は良くも悪くも、いつもこんな具合に、乃亜を見張って（？）見守って（？）きたのだなあと思った。

仕事を終えて、実家に向かう。昨日の大喧嘩の後だというのに、やっぱりもこちゃんを実家に預けていた。乃亜の中で、別の自分は親離れ出来ていないことに呆れ、また別の自分はもこちゃんが母に懐いているから仕方ないと云いわけした。

実家では、両親がいつにも増して乃亜にお節介を焼いた。

「顔色が悪いわよ。コビットじゃないの？」

「今夜は泊まって行きなさい。帰っても、どうせ一人なんだし」

心配する両親を振り切って、もこちゃんを連れとぼとぼ歩いた。

今日もまた、安岡自動車の前の信号が赤になった。ときおりこちらを見上げて来るもこちゃんに笑顔を返して、視線を上げると信号が変わった。

そのとき、もう灯りのない安岡自動車の建物の前で、信号が変わっても動かずにいる人物の存在に気付いた。見慣れた紺色のパーカー、特色のないジーンズと運動靴。極めてしょぼくれているけど、前に見たときよりは少しだけマシな感じだ。

（え？）

ユキオだった。

「何で、ここに居るの？」

乃亜はつぶやくようにそう問いかけた。ユキオは、大罪人のような眼差しでこちらを見た。

「ねえ、何でここに居るの」

今度は近くに寄って、詰《なじ》るように訊いた。

「ホームレスをしていたんじゃなかったの？　そこからも、消えてしまったのではなかったの？　帰って来るなら、店か家に来たらいいでしょう？　ていうか、どうして帰る気になったのよ？　いや、帰って来てほしいけど――」

疑問と苦言と再会できた嬉しさで、感情が滅茶苦茶になる。それが度を越えてしまい、乃亜はユキオに殴りかかった。

ユキオは抵抗しないし、逃げようとも止めようともしない。もこちゃんも加勢してユキオを攻撃し、野次馬が集まって来た。そのうちの誰かが警察に通報したようで、二人と一匹は連行されてしまった。皆、生まれて初めてパトロールカーに乗った。

「あ」

乃亜とユキオは窓越しに同じ方向を見て、同時に同じような声を上げた。

野次馬の後ろに、民が居た。民はスマートフォンを持って、こちらを見ていた。乃亜たちと目が合うと、その目がニヤリとした。それで、警察に報せたのが民だとわかった。そんなことが出来たのは、やはり乃亜を付けまわしていたから——ということなのだろうか。

警察署で、これまでのことを洗いざらい話したので、大変な時間がかかった。自宅に帰り着いたときには、乃亜は意識が活性化するあまり昨日からの疲れさえ忘れている。実家で食事を済ませていたもこちゃんは、ユキオに不審げな眼差しをくれてから寝床に行ってしまった。乃亜もまた、似たような一睨みをくれた。

「ケンダマさんのテントに居なかったわよね」

小屋と呼ぶのは悪い気がして、テントと云った。

「どこに行ってたの？」

「旅に出てたんだ」

「た──旅？」

テント暮らしの次は旅か。まるでスナフキンみたいではないか。そう云うと、ユキオは「えへへ」と笑って、はにかんでいる。

「褒めてませんけど」

「あ、ごめん──実はね──」

ホームレス生活を断念したケンダマさんのために、息子がブルーシート小屋に荷物を取りに来た。息子というのは、専務をしている長男ではなく、末っ子の三男坊である。彼はバックパッカーで、世界のあちこちに出掛けて行く人なのだそうだ。その末っ子くんが、居合わせたユキオに旅の面白さやすばらしさを熱弁した。自由人でありたいと望む彼は、世のしがらみから逃げてホームレスをしているユキオにシンパシーを覚えたらしい。そして、ユキオはあっさりと感化された。世界中を回るスキルもスペックも資金もなかったから、ヒッチハイクで大阪まで行って、ブルーシート小屋に戻って来たのは昨日のことであった。

「どうして、まっすぐに家に帰って来なかったの？」

乃亜だって天下の往来ではなく家の中で逆上したのなら、警察に連れて行かれることもなかったろうに。いや、そんなのは論点が違う。旅を終えても、ユキオはここに戻って来る気などなかったのだろう。でも、だったら――。

「十時間以上、あそこに居てさ」

ほかに訊くことがあるのに、つい憎まれ口が出た。

「よく、不審者として通報されなかったわね」

どうして、十時間も居たのかという問いは、わざわざ発する必要はなかった。ユキオは、しんみりと云う。

「だって、乃亜が小屋の壁に伝言を書いたじゃない」

乃亜がケンダマさんの小屋の壁に書いた伝言を読んで、ユキオは十時間もパワースポットの交差点に居たのだと云う。

「？」

――ユキオさん、大変です。パワースポットがなくなっちゃうのよ。早く帰って来てください。パワースポットで待っています。

「え？」

パ、パ、パワースポットで、待、待っていますなんて、乃亜は書いていない。記憶をたどるように黒目が泳ぎ、その目がハッと見開かれた。

「あのときかも」

河川敷のテント群からの帰り、「忘れ物をした」と引き返した民は、何も持たずに戻って来た。民は忘れ物なんかしていなくて、「パワースポットで待っています」という一言を書き加えるために戻ったのだ。先に小屋を出た民は、乃亜が伝言を残すのを覗き見していたに違いない。帰路、ずっと無言だったのは忘れ物のために引き返すかを思案し、その後は自分のしたことの効果について考えていたのかもしれない。

（だけど、パワースポットで待っているなんて、またいい加減なことを）

乃亜は眉根を寄せた。

たまたま乃亜が通りかかったからよかったものを、そうでなければユキオはあの場所であてもなく待ちぼうけるところだった。もしも乃亜と会えなければ、どれくらい待ったのだろう。何十時間？　何日？　そんな苦労しなくたって、この家に帰って来たらいいではないか。この家には帰って来られなくても、交差点で乃亜に見つけてもらうのならいいと云うのか？

（民さんは――）

民はユキオがあの場所に来るのか、来るとしたらどれくらい待つことが出来るかを、確かめたかったのではあるまいか。ユキオが待ちぼうけすることは承知の上で、罰としてせいぜい待たせてやると思っていたのではあるまいか。でもそれは、民のために？　それとも乃亜のために？

「ぼく、なんだか……すごく馬鹿なことしたよね」

ユキオがそんなことを云い出したので、乃亜の思考は中断した。

「ええ、そうですね」

乃亜は硬い声で云ったが、そこには暖かい響きも混ざっている。ユキオは乃亜から目を逸らして、ためらいがちに話し出した。

「本当のことを云うと、ぼくは逃げたかったんだ」

ユキオは店の経営難から逃げたかった。民に格差婚が辛いといった後で前言撤回したけど、本当は限界だった。

乃亜の両親との約束では、経営難になったら離婚しなくてはならない。経営難そのものも苦痛だけど、乃亜と別れるのは絶対にイヤだ。でも、このままでは自動的に離婚ということになる。約束だから。

「あんな念書に、法的な強制力があるの？」

「わからない」

「わからないって……」

乃亜は唖然としたけど、ユキオの心理は少しだけわかった。

乃亜の家族たちの大反撥を押し切って結婚し、さらなる大反対を押し切って独立した。

乃亜の両親との最初の約束を破ったら、自分は駄目なヤツに成り下がる。乃亜の両親の見立て通りの、乃亜に値しない男になってしまう。

追い詰められたユキオは、自分が何を守っているのかわからなくなって行った。義父母には乃亜を大切にすることを強要されたが、それは云われるまでもないこと。乃亜を幸せにすることは、自分の幸せだった。

それなのに、乃亜を想うことが次第に苦痛になってゆく。乃亜を愛することが苦痛だなんて、耐えがたいことだ。

民の脅迫にも頭を悩ませたが、それは警察に頼れば何とかなりそうな気がした。しかし、民は悪人ではなかった。民の怒りは、ユキオの八方美人的な態度が原因なのだ。そもそも出会ったとき、民は泣いていたのである。そんな気の毒な女性を、警察に突き出すなんてあんまりだ。

それに――。ともかく――。

ユキオは休みたかった。

何もかも、保留にしたかった。ポーズ（Pause）のボタンを押したかった。ノーマンズ・ランドという言葉が、繰り返し繰り返し頭を回り続けた。どこにも所属しない土地。ほんの少しの間でいいから、そんな場所に逃げ込みたいと切望した。それはどこにあるのだろう。南極か？　月面か？　四次元の世界か？

乃亜と離れ離れになるのはイヤだけど、乃亜を四次元の世界になんか連れて行けない。

で、一人で逃げた。

「ぼくのこと、呆れたよね？」

「ええ、呆れた」

「乃亜がもうぼくと一緒に居たくないと思っても、それも仕方ないと思う」

「一緒に居たくないとは思っていないわよ。一緒に居たくないなら、捜したりしませんよ」

乃亜はユキオの拗ねたような物云いに、少し腹をたてる。でも、すぐにくすくす笑い出した。

「でも、ユキオさんの『捜さないでください』って書き置き、ちょっとダサかったですよ。なんだか、ずっと昔の恋愛ドラマみたい」

ユキオがやっていたころのマツクラ食堂の雰囲気が、そんな感じだった。この人はダサイ人だよなあと、乃亜は思う。それに、頼りなくて、未熟で。わたしは、この人のどこが好きなのかしら？

「もう、いいわよ。もこちゃんが居たら、問題も消えるわ」

「問題、消えるのかな」

「大丈夫よ。幸せでいるように努めればいいだけですから。鬼は外ってのはともかく、福は内なんです」

二人で同じものを愛しながら、トラブルは過去のものにしてしまえるように、幸せでいられるように日々を重ねるのだ。幸せでいさえすれば、だれにも負けない。怖いものなんかない。

＊

翌日、店に行くと、ずっと使っていないファクシミリに、民からの退職願が届いていた。

16　進みゆく季節の風景

ユキオは店で働き始めた。

ユキオの店だから、だれに文句を云う権利もないのだろうけど、小倉さんは不服げだった。小倉さんはいつでもポーカーフェイスだが、考えていることや感じていることは伝わってくる。乃亜と民と小倉さん、三人で上手くいっていたところに、むくつけき野郎（ユキオはどちらかと云うと、むくつけくない方だけど）が闖入《ちんにゅう》してきたのは、控え目に云っても愉快なシチュエーションではないと乃亜も思った。もちろん、そんな気配はおくびにも出さなかったけれど。

態度に出したのは、常連の真司である。最近では民への好意を隠そうともしていなかったし、ユキオ失踪の事情も知っていたから、駄目男が戻って来たせいで民が解雇されたと思い込んで大いに不満そうだった。

ユキオは真司に対して、民とのことや格差婚により鬱積していたあれやこれやを説明しようとはしなかった。乃亜に説明したように話すには多大なエネルギーが必要だろうし、真司が理解してくれるとは考えなかったようだ。

それで、真司はめっきり店から足が遠のいた。小倉さんも、いつもの仏頂面の下で本当に憂鬱そうだった。常連のお客たちも、民が居ないのを寂しがった。実は、乃亜もまた店にユキオが居ることに馴《な》れなかった。ユキオはだれにも歓迎されなかったのである。

ユキオが復帰してからも、乃亜が店長でいることになった。ユキオ自身も含めた多数決の結果である。新生マツクラ食堂の味は小倉さんが担っていたから、ユキオは厨房で働くことも出来なかった。

ともあれ、ユキオは強権なんか発動して平和と安定を壊すようなことはしない。反対に、力仕事や掃除など、面倒なことは率先してやってくれた。それを黙って見ている乃亜は、やっぱりこの人が本当の店長なんだなあと思った。ユキオと人生をともにすると決めた自分を、褒めてやりたいと思った。

民が居なくなって華やかさは減ったけど、店は繁盛していた。真司が来なくなった代わりに、森田親子と修子が入り浸るようになった。三人とも義理堅い性格で、森田と修子の関係が修復できたのは店の面々のおかげだと考えている。それで、三人揃って来るだけではなく、それぞれに友人知人を誘って来店した。常連のお客の中には、やはりそういった好意から身近な人たちに宣伝してくれる人が多く居る。

そんな人たちは、このところ口をそろえたように不穏なことを云い出している。

「この一帯で、泥棒が出没しているらしいですよ」

久しぶりに来店した大家さんも、やはり同じことを云って「注意してくれよ」と云った。大家さんは家賃の不払いを根に持っていて、復帰したユキオを見てもまるで素っ気ない。それより、近所で起こっている泥棒の被害についてくどくどと説いた。

「二階の先生に見てもらったんだよ」

二階の先生というのは、乃亜も行ったことのある真紫宮《まことむらさきのみや》という占い師のことだ。ユキオと小倉さんと常連の森田たちは「占いですか」などと云って曖昧に笑ったけど、一度失敗している乃亜はつい「あそこ、当たりませんけど」なんて云った。なにせ「ご主人は、すでにこの世の人ではありません」なんて云っていたくらいだ。

「ふん。ばかにしてらあ」

大家さんは、昔のガキ大将みたいな口ぶりになる。

「見てろ、おれ一人だって捕まえてやるんだから」

鼻息荒く帰って行った。実は泥棒を捕まえるために店子《たなこ》たちと自警団を結成しようと、誘うつもりだったらしい。でも、手弱女《たおやめ》を荒事に巻き込むわけにもゆかず、ユキオなんか頼りない感じだし、小倉さんは扱い辛そうだし、諦めたというわけだ。だいたい、どこの店でもそんな感じで、自警団にはまだ一人も集まっていない。

休憩室のテレビをつけると、大家さんたちに云われた泥棒のことがニュースで流れていた。

乃亜は自分でもわからないまま、テレビと目の前のテーブルとの間で、何度も視線を往復させる。

「ここにも、泥棒が来たんでしょ？　ごめんね、怖かっただろ？」

ユキオの問いかけを無視して、乃亜は唐突な大声で「あー」と云った。

「どうしたの？」

「わかった——変だと思ったことが、何だったのか」

自分の方がよっぽど変な態度だとわかるものの、乃亜は説明するのももどかしそうに手をばたばたとさせた。

「ユキオさんが休んだ後で、わたしが店を再開させたでしょう。そのとき、ご近所から植物の鉢をいろいろいただいたんです。サボテンとか多肉植物とか。それでね、中の一つが元気なくなっちゃって、こっちの部屋で休ませていたの。泥棒が入ったのは、そのすぐ後だったんです」

「うん？」

何を云い出すのか見当がつかず、ユキオが機嫌をとるように笑っている。

「お店も休憩室も、どこも荒らされていなかったのよ。お金だけが無くなっていたの。でも、一点だけ——」

乃亜は、店の方を指さした。

「ここに置いてますます弱った感じの多肉植物が、店の方に戻っていたの。窓辺のお日さまが当たる場所に置かれて、枯れた葉っぱもなくなっていたんです」

「多肉は日光が好きだからね。それに、植物というのは、枯れた部分をこまめに取り除いてあげないと——」

ユキオは快活に云った。珍しく得意げな感じすら受けた。

「ユキオさん、植物のこと詳しいわよね」

小さくつぶやいた後で、ハッとした。

「ひょっとして、ユキオさんがこっそり来て、多肉植物の世話をしてくれたの？」

「ぼくじゃないよ」

笑って答えた後、不意に真顔になった。それからずっと、人が変わったように深刻な面持ちのままだった。お客が途切れると電話をしに何度も外に出ていたけど、結局は繋がらなかった様子である。

＊

閉店後に、ユキオが少し店に残ると云うので、乃亜は反射的に眉根を寄せた。ひょっとして、また失踪するのではないかという疑惑の目で、ジトリと夫の顔を見る。

「大丈夫。だって、ぼくはもう乃亜の前から消える理由がないもの」

先に帰るように云われて、さてはもこちゃんを迎えに実家に同行するのが億劫なのだなと思った。それであまり文句を云わずに、一人で店を出る。

いつもと同じように大歓迎のもこちゃんを抱き上げて、もっと歓迎してくれる両親に「大丈夫よ」などと答えつつ、乃亜はさっきから感じている変な動悸を怪訝に思った。ユキオの失踪以来、こういうのは何度か経験している。胸騒ぎとかいやな予感とか云う類のものである。だけど、全て解決したはずだった。心配しなくてはならないことなど、もう残っていない――？

（というわけじゃないけど）

不意に、それが言葉として結晶した。

——ご主人は、すでにこの世の人ではありません。

そう云ったときの真紫宮の顔付きや声までが、やけに鮮明に浮かんで来た。あの折にはイヤなことを云うものだと思い、少しも信じなかった。ユキオが目の前から消えてしまっていたにもかかわらず、である。

しかし、今はそれは変な真実味を帯びて、頭の中を巡るのだ。やはりあの占いは当たっていたのではないか？

それは突飛な心配ではあったが、今日一日、ずっと近くに居た乃亜だからこそ察知できる予兆を、いくつも目の当たりにしていた気がする。

今日のユキオは可怪しかった。乃亜が休憩室で多肉植物の話をしてからずっと、変だった。見たことがないような真面目くさった顔をして、つながりもしない電話を掛け続けていた。

（ひょっとしたら——）

ユキオは、界隈《かいわい》を騒がす泥棒に心当たりがあって、自首なんかをすすめようとしているのではないだろうか？　それで犯人に逆上されて殺されてしまう運命？　だから、この世の人ではなくなる？

それは突飛な妄想と云うべきものだろう。

　でも、悲劇が起きてしまってから「あのとき気付いていれば」なんて泣くのなんか、絶対にいやである。

「あら、まあ。店に忘れ物をしてしまったわ。今日はこれで失礼します」

などといささかわざとらしい口調で云って、乃亜は急ぎ足で実家を出た。

もこちゃんを連れて出たのは用心棒代わりのつもりだったが、こんな小さな子に用心棒の役目をさせるなどヒドイことだと気付く。でも、実家に戻しに行っている間にユキオが泥棒に殺されてしまうかもしれないのだ。この時点で、泥棒は乃亜の中では狼男レベルまで恐ろしい存在に育ってしまっていた。

（この子もユキオさんも、わたしが命を懸けて守ってみせます）

と、悲壮な決意をして通用口から中に入った。悲壮な決意をして店に来たのは三度目だが、今回が一等悲壮だなあと思う。

　店内は真っ暗で、ユキオは闇の中で身構えていた。案の定、一人で泥棒を捕らえようとしていたのである。こちらも無意識にも息をひそめて足音を忍ばせて入って行ったものだから、泥棒と間違われてしまった。乃亜を取り押さえようとしたユキオは、もこちゃんにこっぴどくやっつけられた。

「もこちゃん、ぼくですよ」

もこちゃんはしばらく疑心暗鬼な態度をとっていたが、しぶしぶといった様子で鼻をユキオに押し付け、とうとうわきの下に鼻を突っ込んでしばらく「くんくん」云ってから、ようやく「許してやる」と云うように乃亜の方に戻った。

「乃亜、危ないからもこちゃんを連れて、家に帰っていなさい」

「いやです」

「乃亜ってさ、最近、なんだか逞《たくま》しいよね。でも――」

「ごまかさないで」

「わかったよ。はいはい」

ユキオは小さくホールドアップの仕草をしてみせた。

「実はね、乃亜が云った多肉植物の話でピンときたんだ。ぼくも、前にここで乃亜と同じことをして、ある人に注意されたんだよ。多肉は日当たりの良い場所に置くこと、枯れた葉は取り除くこと」

「誰なんです？」

「うちのスタッフ」

「その人が、泥棒になっちゃったと？」

ここにも一度、泥棒に入ったと？　その後も、近所の店々を荒らしまわっていると？

「ここで働いていたから、地の利があるし。真紫宮さんも、彼で間違いないと云うし」

当たりません！

「あの人の占いは――」

そう云おうとしたとき、通用口から続く廊下で、ガタリと音がした。乃亜は思わず身を硬くし、となりではユキオがファイティングポーズを取り、もこちゃんは低く鼻を鳴らした。

その人は、とても静かに登場した。待ち伏せされているなんて思っていないはずだし、どうしてこんなに静かに歩くのかしら。ユキオにならって乃亜も武器の代わりに両手に持った靴を握り直し、案外と呑気なことを考える。そして、そういう人に会ったことがあると、突然に気付いた。

名前を思い出す前に、ユキオの手から強烈な白光が放たれた。咄嗟に、この人ったら教祖とかになっちゃったのかしらと思ったが、そうではない。いつぞや河川敷のテントのお隣さんが持っていたのと同じ、ＬＥＤの懐中電灯が侵入者に向けられていたのである。

「根本くん！」

ユキオは裏返った声で、その人物の名を呼んだ。

乃亜は、そうそうこの人、と思う。

以前、店に来てストーカーへの注意喚起をして行った、あの死神みたいな人だ。真司と民の居る方を示して、そんなことを云っていたのだが、結局のところ誰のことなのかわからなかった。ストーカー＝ユーレイさんの正体が民だとわかったのは、また別の話である。

（ていうか――）

ひとさまをストーカー呼ばわりした当人が泥棒だったなんて、けしからん話ではないか。

そんな怒気が伝わったせいでもあるまいが、待ち伏せされて正体を見破られた根本は、踵《きびす》を返《かえ》して逃げ出した、

「待て！　待ちなさい！　待ってくれ！」

ユキオは迫力に欠いた調子で怒鳴り、しかし果敢に追いかける。乃亜ともこちゃんも後に続いた。皆で店の中を走り回った後で、根本は通用口の方に駆けて行く。ドアを乱暴に開閉して、外に飛び出した。そして、乃亜たちも続いた。

根本を追って公園に入ったとき、ユキオは足元にあったオレンジ色のコーンにつまずいて転んでしまう。逃げられると思った瞬間、相手も同様に転んだ。そのわずかな間に、もこちゃんが根本の懐に飛び込む。

それは犬族の狩りを思わせる勇猛な姿であったが、なにせ小さくて可愛いので、あっさりと敵に捕らわれてしまった。

「近寄るな！　来たら、この子を殺すぞ！」

今にも頭をもぎ取りそうなポーズで、そう叫ぶ。乃亜の中で、耳には聞こえない音がした。分別がチョン切れた音である。

「殺せません！　うちの子のことを『犬』ではなくて『この子』と呼ぶ人に、うちの子は殺せません！」

でも、本当は怖くて心配で気が気でなかったのである。だけど、もしも根本が言葉どおりにもこちゃんに危害を加えたら、この人のことを三枚におろしてグリルで焼いて食べてやる、なんて思っていた。

そんな間に、隠れて接近したユキオが根本に飛び掛かった。

もこちゃんは刹那のうちに攻勢に転じ、乃亜も続いた。しばし、昔のギャグ漫画みたいなドタバタの乱闘が続き、根本は降参した。乃亜たちに連れられて警察署に行き、根本は犯行の動機をあっさりと白状した。

「ピンチはチャンスって云うじゃないですか。店が傾いて、コロナで世の中がガタガタになったでしょ。わたしは、これをチャンスだと思ったんです」

「チャンス？」

「起業ですよ。こっちは別に食堂で働きたいなんて、思ってませんから。たとえ少なくても毎月給料がもらえるという安心感に、しがみついていただけだ。その給料さえ出なくなって、目が覚めたんです。わたしは、わたしの生きがいのための仕事をする。わたしの生き方を阻害してきたのは、小遣い銭にも満たないわずかな給料だけだった。わたしがやる気を起こしさえすれば、万事は解決することだったんです」

そして、根本はＩＴ関連会社を立ち上げた。

「なにせ、わたしは、自分の手足のごとくＰＣを使いこなせます」

給料の少なさをさんざん繰り返されて、ユキオはしょんぼりしている。警察官が根本に向かって「で？」と訊いた。前にもパワースポットのある十字路での騒ぎで、世話になった体格の良い青年だ。

「痛恨の極みです。会社は軌道に乗る前に、倒産しました」

倒産する前にマックラ食堂に侵入して金を盗み出したが、根本はそれを退職金代わりだと云い張った。それを資金に再起を目指したものの果たせず、思い切ってまた泥棒をした。これが何度も成功したので、自分は怪盗の素質があるのではと思うに至る。

(自己評価が高い人だなあ)

乃亜は呆れている。

*

ユキオがたった一人で泥棒を捕まえようと思った動機は、失踪で失われた名誉を挽《ばん》回《かい》するためだった。それを聞いて、乃亜は少しがっかりした。ユキオには名誉だの栄光だのという空虚なことにこだわってほしくなかったのだ。さりとて今のユキオの立場では、少しぐらい格好付けたいと思うのも無理はないのだが。

でも、泥棒を捕まえた手柄を吹聴することなく、ユキオは相変わらず味噌っカスとして肩身の狭い日を送っている。それどころか、泥棒がかつてのスタッフだったという情報が近所にもれてしまったせいで、ユキオは近所の人たちから監督不行き届きという烙印《らくいん》を押されてしまった。

「ユキオさんが捕まえたんだって、云いましょうよ」

「いいんだよ。ぼくが自分で納得出来たら、それで充分なんだから」

ユキオは物腰が穏やかだけど、恐ろしく頑固だから、何を云ってみたところで気が変わることはないだろう。同じくらい物腰やわらかな頑固者だから、乃亜にはそれがよくわかった。

何はともあれ、この一帯の人たちは泥棒騒ぎから解放された。

＊

ランチタイムが終わった後、ぽつりと客足が途切れることがある。世界を悩ますパンデミックが終われば、そんな呑気にしていられないのかもしれないが、常連のおかげで成り立っているマツクラ食堂などは、閑なときはとことん閑だ。

閑になると小倉さんは厨房の掃除などして、それでも時間があると外に出て一服し、それでもまだ時間があると本を読んでいる。たいていは古本屋で買ったぼろぼろの文庫本で、それは『指輪物語』だったり『ニルスのふしぎな旅』だったりする。児童文学――それも長い作品が好きらしいのだ。意外である。

ユキオは寝ても覚めてもといった具合に、店の中を清潔に保つさまざまな作業を、飽きずに繰り返した。床を拭いたり、窓を磨いたり、物置を片付けたり、店の外の掃き掃除をしたり、雑草を抜いたり。それでも乃亜が退屈そうなときは、中断して二人でおしゃべりをする。

北海道に初雪が降ったその日の午後、乃亜とユキオはカウンターにもたれて外を見ていた。

街路樹のプラタナスは落葉するのを待たず枝を切られて寒々としているが、それでも伐採をまぬがれた枝に一枚だけ葉っぱが付いていた。

「O・ヘンリーの小説みたいね」

「最後の葉っぱが落ちたら、死ぬってヤツ？」

「そう」

小説の主人公とはちがって、乃亜はあれが枝を離れたら何か新しいことが始まるような気がしていた。だから、まさにそのとき、一枚だけの葉っぱが枝から離れると、乃亜は小さく拍手をした。驚いたことに、となりに居るユキオも小さくガッツポーズをしていた。同じことを考えていたのだと思って、二人でクスリと笑った。

「今月の十一日、檜原村に行ってみませんか？」

ユキオの方を見ないで、そう云った。民が元夫と再会の約束（いや、約束ではなく試験とでも呼ぶべきか）をした十一月十一日の話を、ユキオも聞いているだろうと思った。去年、民が夫と別れる前に十一月十一日の誕生日に二人のお気に入りのキャンプ場で会おうと告げたエピソードを。

ところが、ユキオはきょとんとして「なんで、十一月十一日？　なんで、檜原村？」なんて訊いてくるものだから、乃亜は気が抜けてしまった。

「知らないの？」

「ごめん、知らない」

ユキオが申し訳なさそうに云ったところで、立て続けにお客が来た。書き入れ時の始まりである――。

＊

もこちゃんとの別れは、不意に訪れた。

ユキオが帰って来たとき、安岡自動車の前でひと騒ぎを演じた乃亜たちともこちゃんだが、連れて行かれた警察署でもこちゃんが迷子犬だと話すとその旨の届けを出すことになった。乃亜としてはもこちゃんのことをケンダマさんから預かったという認識でいたので、さらに前の飼い主が現れるなど夢にも思っていなかった。

でも、現れた。

もこちゃんは、その人たちに引き取られることになった。

もこちゃんの本名はモナカちゃんで、もこちゃんの正式な飼い主は乃亜の実家の面々と雰囲気が似た人たちだった。

もしもケンダマさんに保護されなかったら、もこちゃんは路頭に迷っていたのだと考えると、乃亜としては今一つ彼らを信用する気になれない。いや、大切な可愛いもこちゃんを連れて行く人たちに対して、好意が湧かないのは仕方がないことではないか。

ところが、もこちゃんはその家の小学生の息子の顔を見たとたん、乃亜たちのことを完全に忘れたように喜んだ。

（あ……）

別れを認めなくてはならない。どうしようもないことは、どうしようもないのだ。

乃亜は、その結論に至った。

その人たちともこちゃんが帰った後、家には土産の山が残った。花束とかお菓子とか牛肉とか、それからパンデミック以来必携となったマスクの――しかも国産の高いヤツの五十枚入りの箱とか。

乃亜の兄嫁がこしらえたもこちゃんの服と、買い集めたおもちゃとフードもまた、別室にどっさりと残った。これをお土産に持たせるのは差し出がましい気がしたし、同時にこれまで手放してしまうのは乃亜にはあまりに辛かった。でも結局、お土産ともこちゃんの財産とを前に、乃亜はただただ悲しくため息をつくしかない。

「犬を飼おうよ」

ユキオが云ったけど、乃亜は駄々っ子じみてかぶりを振る。

「いやです。もこちゃんじゃなきゃいやです」

もこちゃんがしてくれたたくさんの可愛いことが洪水のように胸を満たし、泣きそうになった。

「新しい子の名前は、ミュウがいい」

「なんだ、もう名前まで考えてたの？」

ユキオは笑っている。

＊

もこちゃんが帰って行った翌日、ケンダマさんが来店した。正体が完全にバレたというのに、相変わらず垢《あか》じみた風采をしている。髪だけはきちんと撫でつけて大人物風に整えているから、愛嬌が増していた。

「ユキオトコくんが、ちゃんとやっているか、見に来てやったんだ」

ケンダマさんは、メニューにはないカツどんを美味しそうに食べている。

「元気そうで良かった」

ユキオが云うと、ケンダマさんは鼻で笑った。

「病気は完治したんだ」

本当だとしたらこれほど良いことはないけど、「本当か」と問い返したりはしない。

「だから、またブルーシートの家に戻ったよ」

ケンダマさんが河川敷の侘《わ》び住まいにこだわるのも、ユキオが消えたのも帰って来たのも、理由があるのだ。乃亜が箱入り主婦に戻りたくないのも、理由があるわけだから。

＊

十一月十一日。

檜原村には早く着いてしまい、ずいぶんと待った。物陰で身をひそめて待つなんて、探偵か狩人《かりゅうど》にでもなったみたいな気分だ。寒くてトイレに行きたくなったりして、ちょっとドタバタした。ユキオが持って来た使い捨てカイロが大活躍である。念のために腹巻を着用したのも、大正解だったと思う。

こんな季節でもキャンプを楽しむ人は居て、乃亜たちの陣取った辺りにもちらほらと人影はあった。

民が現れたのは、夕方が近い時刻。最後に見たときと同じく、短髪で動作がきびきびしていた。小柄な体には大きすぎるリュックを背負っていて、その中から水筒を出してふっと息をついたのが、乃亜たちの居る場所からも見えた。いつもの民である。

会わなかった時間が、消えてゆく。

別れた夫は、来るのだろうか。もしも来なかったら、一人で帰るのは辛いだろう。だけど、声を掛けるのも残酷な話だ。第一、ここで見張っているのがバレてしまう。でも、民だって乃亜たちをさんざん見張っていたではないか。

などと一人で問答している間も、元夫らしい人物が現れる気配はない。やはり、行って声をかけようと腰を浮かしかけたとき、前方の物陰から男が現れた。民の方に向かって迷いなく歩いて行く後ろ姿を見て、乃亜は慌ててユキオのわき腹を突っついた。

（あれ、しんちゃんよ。なんで、しんちゃんが――？）

（真司さんが、旦那さんだったとか？）

（そんなわけないわよ。待って。あ、そうだ、たぶん――）

真司が民に熱を上げているのは、本人は密かにしているつもりでも、周囲の者は誰でも気付いていた。夏のキャンプの帰り道、民が元夫と交わした約束の話は、真司も聞いている。それで、今日、元夫が来なかったら自分が恋人候補として立候補しようとしていたのだろうか。つまり、真司は告白しようとしてここに来たに違いない。

ところが。

真司が民の傍らに着く前に、別の人物が現れた。髪の毛が長くて、ちょっと気だるい感じの動作は後ろから見てもすぐに誰だかわかった。小倉さんである。

（実は、小倉さんが元の旦那だったの？）

（そんなわけ、ないでしょう？）

ユキオの云うとおり、そんなわけでもなかったのだ。民が今日ここに来る話は、小倉さんもクルマに同乗していたから聞いている。

民と元夫の関係が修復できるかという話題の中で、小倉さんは云ったのだ。

――焼け棒杭ってのは、火が点かないもんだよ。

つまり、小倉さんは、民と元夫に仲直りなんかしてほしくなかったのだ。

思い返してみると、小倉さんは民と仲が良かった。だれとも打ち解けない人なのに、民とだけはよく話していた。仕事をするときも民とは息がぴったりで、乃亜は二人が夫婦みたいだと思ったこともある。

（そっか。小倉さん、民さんのことが好きだったのね）

元夫は、民よりも親と家を選んだ。ユキオは、民への同情を愛情と間違えて、結局は民を傷つけた。真司が心を寄せたのは、民の容姿と気風の良さで、それは民という人間のまとう個性であって、民そのものではない。

（でも、小倉さんは、ちがった）

乃亜はふと、横に居るユキオを見つめた。不意のことに、ユキオはどきまぎする。

エラぶらない人、自分を大きく見せない人、最愛の人。

（わたしたちは似た者同士で、同じ価値観を持ち、二人で居ると落ち着くの）

乃亜たちが、お互いを必要なように、民と小倉さんも互いにようやく巡り会った最愛の相手なのかもしれない。

（わたしたちみたいに）

ユキオを取り戻せて、本当によかったと思う。

「ねえ、ユキオさん、世界って案外によく出来てますね」

「え？」

ユキオはきょとんとした顔でこちらを見て、それからくしゃみが出そうになって、あわてて鼻を押さえた。それでも、乃亜の気持ちは正確に伝わっているらしく、懸命に「うん、うん」と頷く。

「そろそろ帰ろうか。寒くなってきたもん」

くしゃみをこらえながら、ユキオが云った。

「夕飯は、野菜をたっぷり入れた鍋にしましょう」

「お餅とうどんも入れよう」

民たちにも、真司にも気付かれないようにして、その場を離れた。初冬の風は、澄んだ匂いがした。

本書は書下ろしです。

|著者| 堀川アサコ　1964年、青森県生まれ。2006年『闇鏡』で第18回日本ファンタジーノベル大賞優秀賞を受賞。主著に『幻想郵便局』『幻想映画館』『幻想日記店』『幻想探偵社』『幻想温泉郷』『幻想短編集』『幻想寝台車』『幻想蒸気船』『幻想商店街』の「幻想シリーズ」、『大奥の座敷童子』『月夜彦』『魔法使ひ』『オリンピックがやってきた　猫とカラーテレビと卵焼き』『定年就活　働きものがゆく』などがある。

メゲるときも、すこやかなるときも

堀川《ほりかわ》アサコ

講談社文庫
定価はカバーに
表示してあります

2023年２月15日第１刷発行

KODANSHA

発行者——鈴木章一
発行所——株式会社　講談社
東京都文京区音羽2-12-21　〒112-8001
電話　出版（03）5395-3510
　　　販売（03）5395-5817
　　　業務（03）5395-3615

デザイン—菊地信義
本文データ制作—講談社デジタル製作
印刷———株式会社KPSプロダクツ
製本———株式会社国宝社

Printed in Japan

ISBN978-4-06-529967-8

講談社文庫刊行の辞

二十一世紀の到来を目睫に望みながら、われわれはいま、人類史上かつて例を見ない巨大な転換期をむかえようとしている。

世界も、日本も、激動の予兆に対する期待とおののきを内に蔵して、未知の時代に歩み入ろうとしている。このときにあたり、創業の人野間清治の「ナショナル・エデュケイター」への志を現代に甦らせようと意図して、われわれはここに古今の文芸作品はいうまでもなく、ひろく人文・社会・自然の諸科学から東西の名著を網羅する、新しい綜合文庫の発刊を決意した。

激動の転換期はまた断絶の時代である。われわれは戦後二十五年間の出版文化のありかたへの深い反省をこめて、この断絶の時代にあえて人間的な持続を求めようとする。いたずらに浮薄な商業主義のあだ花を追い求めることなく、長期にわたって良書に生命をあたえようとつとめるところにしか、今後の出版文化の真の繁栄はあり得ないと信じるからである。

同時にわれわれはこの綜合文庫の刊行を通じて、人文・社会・自然の諸科学が、結局人間の学にほかならないことを立証しようと願っている。かつて知識とは、「汝自身を知る」ことにつきていた。現代社会の瑣末な情報の氾濫のなかから、力強い知識の源泉を掘り起し、技術文明のただなかに、生きた人間の姿を復活させること。それこそわれわれの切なる希求である。

われわれは権威に盲従せず、俗流に媚びることなく、渾然一体となって日本の「草の根」をかたちづくる若く新しい世代の人々に、心をこめてこの新しい綜合文庫をおくり届けたい。それは知識の泉であるとともに感受性のふるさとであり、もっとも有機的に組織され、社会に開かれた万人のための大学をめざしている。大方の支援と協力を衷心より切望してやまない。

一九七一年七月

野間省一

講談社文芸文庫

フローベール　蓮實重彦 訳

三つの物語／十一月

解説＝蓮實重彦

フＤ1
978-4-06-529421-5

生前発表した最後の作品集「三つの物語」と、若き日の恋愛を描き『感情教育』の母胎となった「十一月」。『ボヴァリー夫人』と並び称される名作を第一人者の訳で。

小島信夫

各務原・名古屋・国立

解説＝高橋源一郎　年譜＝柿谷浩一

こＡ11
978-4-06-530041-1

妻が患う認知症が老作家にもたらす困惑と生活の困難。生涯追い求めた文学表現探求の試みに妻との混乱した対話が重ね合わされ、より複雑な様相を呈する――。

松岡圭祐　探偵の探偵III
松岡圭祐　探偵の探偵IV
松岡圭祐　水鏡推理
松岡圭祐　水鏡推理II〈インパクトファクター〉
松岡圭祐　水鏡推理III〈パレイドリア・フェイス〉
松岡圭祐　水鏡推理IV〈アノマリー〉
松岡圭祐　水鏡推理V〈ニュークリアフュージョン〉
松岡圭祐　水鏡推理VI〈クロノスタシス〉
松岡圭祐　探偵の鑑定I
松岡圭祐　探偵の鑑定II
松岡圭祐　万能鑑定士Qの最終巻〈ムンクの〈叫び〉〉
松岡圭祐　黄砂の籠城(上)(下)
松岡圭祐　シャーロック・ホームズ対伊藤博文
松岡圭祐　八月十五日に吹く風
松岡圭祐　生きている理由
松岡圭祐　黄砂の進撃
松岡圭祐　瑕《か》疵《し》借り
松原　始　カラスの教科書
益田ミリ　五年前の忘れ物

益田ミリ　お茶の時間
マキタスポーツ　一億総ツッコミ時代〈決定版〉
丸山ゴンザレス　ダークツーリスト〈世界の混沌《カオス》を歩く〉
松田賢弥　したたか　総理大臣・菅義偉の野望と人生
真下みこと　#柚莉愛《ゆりあ》とかくれんぼ
松野大介　インフォデミック〈コロナ情報氾濫〉
三島由紀夫　TBSヴィンテージクラシックス編　告白　三島由紀夫未公開インタビュー
三浦綾子　ひつじが丘
三浦綾子　岩に立つ
三浦綾子　あのポプラの上が空〈新装版〉
三浦明博　滅びのモノクローム
三浦明博　五郎丸の生涯
宮尾登美子　新装版　天璋院篤姫(上)(下)
宮尾登美子　新装版　一絃の琴
宮尾登美子　東福門院和子《まさこ》の涙(上)(下)〈レジェンド歴史時代小説〉
皆川博子　クロコダイル路地
宮本　輝　骸骨ビルの庭(上)(下)
宮本　輝　新装版　二十歳《はたち》の火《ほ》影《かげ》
宮本　輝　新装版　命の器

宮本　輝　新装版　避暑地の猫
宮本　輝　新装版　ここに地終わり　海始まる(上)(下)
宮本　輝　新装版　花の降る午後(上)(下)
宮本　輝　新装版　オレンジの壺(上)(下)
宮本　輝　にぎやかな天地(上)(下)
宮本　輝　新装版　朝の歓び(上)(下)
宮城谷昌光　夏姫春秋(上)(下)
宮城谷昌光　花の歳月
宮城谷昌光　重《ちょう》耳《じ》(全三冊)
宮城谷昌光　介《かい》子《し》推《すい》
宮城谷昌光　孟嘗君　全五冊
宮城谷昌光　子産(上)(下)
宮城谷昌光　湖底の城〈呉越春秋〉一
宮城谷昌光　湖底の城〈呉越春秋〉二
宮城谷昌光　湖底の城〈呉越春秋〉三
宮城谷昌光　湖底の城〈呉越春秋〉四
宮城谷昌光　湖底の城〈呉越春秋〉五
宮城谷昌光　湖底の城〈呉越春秋〉六
宮城谷昌光　湖底の城〈呉越春秋〉七

講談社文庫　目録

宮城谷昌光　湖底の城〈呉越春秋〉八
宮城谷昌光　湖底の城〈呉越春秋〉九
宮城谷昌光　俠骨記〈新装版〉
水木しげる　コミック昭和史1〈関東大震災〜満州事変〉
水木しげる　コミック昭和史2〈満州事変〜日中全面戦争〉
水木しげる　コミック昭和史3〈日中全面戦争〜太平洋戦争開始〉
水木しげる　コミック昭和史4〈太平洋戦争前半〉
水木しげる　コミック昭和史5〈太平洋戦争後半〉
水木しげる　コミック昭和史6〈終戦から朝鮮戦争〉
水木しげる　コミック昭和史7〈講和から復興〉
水木しげる　コミック昭和史8〈高度成長以降〉
水木しげる　敗走記
水木しげる　白い旗
水木しげる　姑《クー》娘《ニャン》
水木しげる　決定版 日本妖怪大全〈妖怪・あの世・神様〉
水木しげる　ほんまにオレはアホやろか
水木しげる　総員玉砕せよ!〈新装完全版〉
宮部みゆき　新装版 震える岩〈霊験お初捕物控〉
宮部みゆき　新装版 天狗風〈霊験お初捕物控〉

宮部みゆき　ICO《イコ》—霧の城—(上)(下)
宮部みゆき　ぼんくら(上)(下)
宮部みゆき　新装版 日暮らし(上)(下)
宮部みゆき　おまえさん(上)(下)
宮部みゆき　小暮写眞館(上)(下)
宮部みゆき　ステップファザー・ステップ〈新装版〉
宮子あずさ　看護婦が見つめた人間が死ぬということ
宮本昌孝　家康、死す(上)(下)
三津田信三　忌《い》館《かん》〈ホラー作家の棲む家〉
三津田信三　作者不詳〈ミステリ作家の読む本〉(上)(下)
三津田信三　蛇《じゃ》棺《かん》葬《そう》
三津田信三　百《ひゃく》蛇《じゃ》堂《どう》〈怪談作家の語る話〉
三津田信三　厭魅《まじもの》の如き憑くもの
三津田信三　凶鳥《まがとり》の如き忌むもの
三津田信三　首無《くびなし》の如き祟るもの
三津田信三　山魔《やまんま》の如き嗤《わら》うもの
三津田信三　水魑《みづち》の如き沈むもの
三津田信三　密室《ひめむろ》の如き籠《こも》るもの
三津田信三　生霊《いきだま》の如き重《だぶ》るもの

三津田信三　幽女《ゆうじょ》の如き怨むもの
三津田信三　碆霊《はえだま》の如き祀るもの
三津田信三　魔偶《まぐう》の如き齎《もたら》すもの
三津田信三　シェルター 終末の殺人
三津田信三　ついてくるもの
三津田信三　誰かの家
三津田信三　忌《い》物《ぶつ》堂《どう》鬼《き》談《だん》
道尾秀介　カラスの親指〈by rule of CROW's thumb〉
道尾秀介　カエルの小指〈a murder of crows〉
道尾秀介　水の柩
深《み》木《き》章《あき》子《こ》　鬼畜の家
湊かなえ　リバース
宮内悠介　彼女がエスパーだったころ
宮内悠介　偶然の聖地
宮乃《みやの》崎桜子《さきさくらこ》　綺《き》羅《ら》の皇女《ひめみこ》(1)
宮乃崎桜子　綺羅の皇女(2)
三國青葉　損料屋見鬼《けんき》控え 1
三國青葉　損料屋見鬼控え 2
三國青葉　損料屋見鬼控え 3